文化英雄拜會記

金耀基 題

文化英雄拜會記

錢鍾書、夏志清、余光中的作品和生活

黃維樑

中文大學出版社

《文化英雄拜會記：錢鍾書、夏志清、余光中的作品和生活》
黃維樑 著

© 香港中文大學 2018

本書版權為香港中文大學所有。除獲香港中文大學
書面允許外，不得在任何地區，以任何方式，任何
文字翻印、仿製或轉載本書文字或圖表。

國際統一書號 (ISBN)：978-962-996-840-3

出版：中文大學出版社
　　　香港 新界 沙田 · 香港中文大學
　　　圖文傳真：+852 2603 7355
　　　電子郵遞：cup@cuhk.edu.hk
　　　網　　址：www.chineseupress.com

Essays on Three Contemporary Chinese Literary Masters: Qian Zhongshu,
C. T. Hsia and Yu Guangzhong (in Chinese)
By Wong Wai Leung

© The Chinese University of Hong Kong 2018
All Rights Reserved.

ISBN: 978-962-996-840-3

Published by The Chinese University Press,
　　　　　　 The Chinese University of Hong Kong,
　　　　　　 Sha Tin, N.T., Hong Kong.
　　　　　　 Fax: +852 2603 7355
　　　　　　 Email: cup@cuhk.edu.hk
　　　　　　 Website: www.chineseupress.com

Printed in Hong Kong

目 錄

1984年夏，錢鍾書與楊絳合影，黃維樑攝於北京錢寓

1984年夏，黃維樑與錢鍾書

1980年代，錢鍾書致黃維樑函的信封

1994年6月，錢鍾書致黃維樑函

1981年12月，黃維樑與夏志清在哥倫比亞大學夏氏寓所前

1980年代，Michael Duke（杜邁可）、夏志清、黃維樑在德國

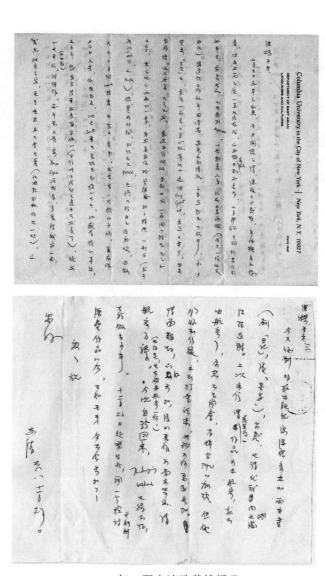

1988年，夏志清致黃維樑函

1983年夏，余光中、夏志清與黃維樑在香港

1992年秋，黃國彬、黃維樑、梁錫華與余光中攝於香港鳳凰山頂

黃維樑　先生

一年一度的香港藝術節，為促進本港的文學活動，特定於一九八三年二月九日（星期三）下午七時三十分，在香港藝術中心演奏所舉行「抒情詩之夜」，邀請中外詩人約二十位朗誦自己的作品，索仰您在詩藝上的成就敬請自選大作若干首（以朗誦時間五分鐘至八分鐘為度）書寫或影印清楚，於一月十四日以前擲交「沙田中文大學中文系余光中教授」為盼。又您的大作在朗誦時如須特別安排（例如配樂、道具、佈景等）亦請一併手知，俾早作準備。此致

抒情詩之夜籌備委員會
一九八三年一月六日

請二月第一次上現代文學大
課時對同學宣佈

1983年，余光中手寫邀請信

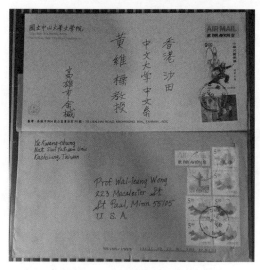

維樑

威恩節命駕前夕，請先電話示知，以便準備歡迎。運丹佛城後如覺尋路難，市多日在加油站打電話拾我。

十月十五日來信收到，知道你駕駛執照至遲很是為你高興。此後坦々的超級公路盡多你延伸，車首所向風起雲湧，鄧掃州移，即令莊周李白再來，亦必樂此不疲！對於人類高速的道求永遠是一個誘惑。不過了大道真如髮，可以作逍遙遊，亦可以通向枉死城，何去何從端在篤駛人耳。高速駛行，車胎最之湿意，雪域冰國尤宜小心。感恩節歡迎你造灣北往，专縣徐煇之橋以待也。我们的地址是 1925 Olive Street, Denver (在 Quebec 和 Montrose 十字路口附近)。電話是 三○三―三二一○○六九祝

Happy Driving!

光中 十一月六日

(1970年)

1970年，余光中致黃維樑函

香港沙田
中文大學中文系
黃維樑教授

高雄市余緘

國立中山大學文學院

Yu Kwang-chung
Nat. Sun Yat-sen Univ.
Kaohsiung, Taiwan

Prof. Wai-leung Wong
223 Macalester St.
St. Paul, Minn. 55105
U.S.A.

1990年代，余光中致黃維樑函信封

2017年10月26日，余光中在「余光中書寫香港」上致辭

2011年，黃維樑在「余光中特藏室啟用典禮」上致辭

2014年，黃維樑和余光中

2017年6月，黃維樑與家人到高雄探望余光中夫婦，攝於余府

自序：對博學、卓識、壯采的嚮往

　　閱讀錢鍾書、夏志清、余光中諸位先生的作品，始於我的大學時期。讀錢先生的《圍城》後，難免對自己的一些老師「另眼相看」。讀夏先生的〈愛情．社會．小說〉等文，乃知文學評論不能守在一隅，而應中西兼顧。讀余先生的《左手的繆思》和《逍遙遊》，驚訝於中文的光彩，以及古今六合神思的天地如此寬廣。修讀《文心雕龍》一科，發覺這部文論經典可助我把錢、夏、余三人的傑出加以闡釋。

　　讀其書，想見其人？1969我大學畢業那年，春天，在香港中文大學的一個講堂聽了余光中先生的演講後，約二十個文藝青年集體在九龍拜訪這位名詩人名散文家，我是其一；我們沐在春風裏，沐在春陽的光中。畢業後從香港到美國讀研究院，寒假裏千里迢迢到了紐約；冬天，立雪夏門，進而登堂入室，拜訪了志清教授。拜晤錢鍾書先生，則是15年後的事。1976年我從俄亥俄州立大學取得博士學位，回母校香港中文大學教書。1984年初到北京旅遊，心血來潮突發拜訪大學者之念，臨時唐突叩門，竟蒙迎入；會晤時請教，我小叩，錢先生小鳴，甚至大鳴。

讀錢鍾書、夏志清、余光中三位的著作，析論他們的著作，和他們三位書信來往，會晤他們，以至與三位中一位成為大學裏的同事，是我數十年裏極為重要的文學活動。錢、夏、余三位各有其傑出的成就：錢鍾書有「文化崑崙」之譽，夏志清的《中國現代小說史》和《中國古典小說》二書獲經典之稱，余光中筆璨五采，為詩文宗師。三位都是博雅之士，就其最凸出之處簡而言之，則錢博學，夏卓識，余壯采。錢鍾書的博學，充分表現於他的《談藝錄》和《管錐編》二書。他談論人文學科的眾多議題，徵引中外大量典籍，發表意見，成其「東海西海，心理攸同」的學說，與一千五百年前劉勰的「至道宗極，理歸乎一；妙法真境，本固無二」理論遙相呼應。夏志清研讀中西文學經典，聚焦於中國現代小說，有如《文心雕龍·知音》說的「圓照之象」，發現和評審卓越的作品（他所說的 the discovery and appraisal of excellence）。他超越「政治正確」的環境，高度評價錢鍾書和張愛玲的小說，加上其他種種卓見，《中國現代小說史》成一家之言，影響深遠。余光中手握彩筆七十年，金色筆寫散文，紫色筆寫詩，黑色筆寫評論，藍色筆翻譯，紅色筆編輯書刊；他「藻耀而高翔，固文筆之鳴鳳也」（《文心雕龍·風骨》語）。如果借用古代的「三達德」形容，則錢先生「文智」、余先生「文仁」（注）、夏先生「文勇」；採用西方文學史的術語，則他們都是中華近世文學史的 major writer 或 major critic；個別評價甚至可以更高。

數十年裏我閱讀他們的作品而獲益至大，與他們交往而啟發感悟甚多，這本《文化英雄拜會記：錢鍾書、夏志清、余光中的作品和生活》是我獲益因而說明益處、感悟因而記錄經驗的文章結集，可說是一個學生上課聽講和課餘向導師請益的筆記──鄭重其事記下來且經過潤飾的。李白詩句「交乃意氣合，道因風雅存」，說的是他與一位文友的交往，交往的大概是個平輩。我已屆「從心所欲」之齡，但年歲與心情，一直是錢（1910–1998）、夏（1921–2013）、余（1928年出生）三位的晚輩。錢鍾書和夏志清兩位如果仍然在人間，則錢、夏、余加上我，年齡成有趣的遞減：一百後、九十後、八十後和七十後。我是後學，不敢言論交，但「意氣合」是確然的事；見賢思齊，因為他們的「風雅」，我的文學事業得以長進。

他們三位幾乎合而為一，成為 the Holy Trinity（神聖的三位一體）──應該改稱 the Sage Trinity（賢能的三位一體），因為他們不是神。在本書的多篇文章中，如標題之作〈文化英雄拜會記〉，以及〈記余光中的一天〉，他們三位都出現。事實上，他們惺惺相惜：夏先生盛讚錢先生的小說和文學評論；余先生指導過研究生寫成錢氏作品評論的學位論文，且在2009年台灣的錢鍾書百年誕辰研討會上，發表論文析評其《圍城》。《圍城》是夏、余悅讀高評之書；錢先生則敬重夏先生這位知音，讀過余先生的作品。三位文學大家這樣的組合，更可說是兩岸三地文學的中華一體。錢鍾

書原籍江蘇無錫；夏志清出生於上海浦東；余光中原籍福建永春，歸屬台灣作家，曾在香港任教十年；如果連我這個「撮合」者的香港身份也計算，則兩岸三地的中華一體特色更為明顯。

本書收錄的文章共有23篇，分為錢、夏、余三部分。每部分開頭的若干篇，如第一部分的〈大同文化・樂活文章〉、第二部分的〈博觀的批評家〉、第三部分的〈璀璨的五采筆〉等，一般謂之論文；其他如〈楊絳就是鍾書〉、〈春風秋月冬雪夏志清〉、〈記余光中的一天〉等，謂之散文。本書於是可謂論文與散文的合集。其實對我而言，本書的文章類別可分而不可分。在「論文」中，我力求文字活潑，有姿采有個性，像美文一樣；在「散文」中，我力求內容有學問有見識，有論文的思維。換言之，於前者，我「以文為論」；於後者，我「以論為文」。「以文為論」是余光中先生的個人主張和風格，我演繹其意，即論文應該「言資悅懌」（《文心雕龍・論說》語），也就是古羅馬賀拉斯 (Horace) 的「有益又有趣」之意。綜合而言，不論是論文或是散文，都應該做到錢鍾書先生要求的「行文之美，立言之妙」，也就是劉勰主張的情采兼備；三位先生最為凸出的品質 —— 博學、卓識、壯采 —— 都要擁而有之。這是我大半輩子為文「雖不能至」的嚮往，就像對三位大師學術和創作境界的嚮往一樣。

本書得到母校出版社青睞，社裏黃麗芬、葉敏磊、楊彥妮諸

位在行政和編輯等多方面的支持與襄助，我非常感謝。還要多謝母校前任校長金耀基教授，他題寫書名，為本書增添金光；耀基先生是著名的學者、散文家和書法家，一向為我所敬佩。母校多有錢先生的知音，更曾決定授予他榮譽文學博士學位；近年在劉紹銘教授的協助下，母校出版社推出了夏先生的《中國現代小說史》等多種著作；余先生在母校教學十年，桃李滿香港，創作大豐收。三位先生與母校有這樣的淵源，或許還可以加上我是中大的校友也是曾經的教授這個元素，這本記述三位先生的文集由母校出版社出版，如此背景，還有更深厚更強勢的？

此外，我要感謝數十年來發表本書篇章的兩岸三地諸位編輯先生女士，以及台灣的九歌出版社：九歌 2004 年出版了拙著《文化英雄拜會記：錢鍾書、夏志清、余光中的作品與生活》一書，後來我取回本書的版權，極大幅度增刪此書的篇章，成為目前這本同名的文集。新增加的很多篇文章，都是九歌版以外的近年書寫，包括近至今年 7 月所撰的〈到高雄探望余光中先生〉。本書所附的多張珍貴圖片，也包括新近的照片。最近（10 月 25–28 日）我在高雄參加中山大學舉行的「余光中書寫香港紀錄片發表會暨慶生茶會」。余先生 1985 年 9 月離開香港到高雄任教，是年 11 月他寫道：香港十年是他「一生裏面最安定最自在的時期⋯⋯這十年的作品在自己的文學生命裏佔的比重也極大」；他本人對這部紀

錄片十分重視。本書的〈記余光中的一天〉正是這位詩文宗師香港時期作品和生活的一個抽樣紀錄。

【注】余光中〈破畫欲出的淋漓元氣——梵谷逝世百周年祭〉說梵谷是「藝術的傳道者，最後更慷慨成仁，做了藝術的殉道者」；余先生一生從事文學，是文學的傳道者，鞠躬盡瘁，我認為是個慷慨的仁者。順便指出，歷來我評論余先生作品的文章，在三位中是最多的，有專著《壯麗：余光中論》（香港：文思出版社，2014）等。

——2017年11月2日（重陽節後五日）寫畢

【補記】本書《文化英雄拜會記》記述錢鍾書、夏志清、余光中三位的作品與生活。前兩位先後在1998年和2013年辭世，余光中先生也於2017年12月14日仙逝了。余先生詩集《五行無阻》的標題之作（寫於1991年）的最後一節是：

風裏有一首歌頌我的新生 / 頌金德之堅貞 / 頌木德之紛繁 / 頌水德之溫婉 / 頌火德之剛烈 / 頌土德之渾然 / 唱新生的頌歌，風聲正洪 / 你不能阻我，死亡啊，你豈能阻我 / 回到光中，回到壯麗的光中

我相信詩翁會活在「壯麗的光中」。

至此三位詩宗文豪都不在人間；他們同在寒冬的12月升到天上的白玉樓，自此在和暖中可一起談文說藝了。

——2017年12月15日

錢鍾書篇

大同文化‧樂活文章

一　錢鍾書：才子、崑崙、英雄

錢鍾書(1910–1998)學問淵博，著述宏富。知錢深者、尊錢重者如湯晏更譽他為「民國第一才子」，舒展譽他為「文化崑崙」，汪榮祖譽他為「橫跨中西文化之文史哲通人」。1984年我在北京拜訪錢先生，親聆教益，多年後寫了〈文化英雄拜會記〉一文，我稱他為文化英雄。今年是錢先生百歲誕辰紀念年，我們特別要仰望這座文化崑崙、敬重這位文化英雄。錢鍾書鍾於書，他一生讀書、讀書、讀書，還是讀書，要讀盡世間該讀的書；一生著書、著書、著書，還是著書，要著作生平該著的書。我認為他讀書後著書的目的，是打通中西文化，打通後提出「東海西海，心理攸同」的學說。為了這個目標，他專心致志，悉力以赴，常人的富貴名利之欲，減至近乎零，這是異於凡人的英雄行為。

他不但博極中西典籍，而且勤寫筆記。年前由商務印書館出版的《錢鍾書手稿集》，又名為《容安館札記》，三巨冊，共二千多頁的這套大書，每頁都是錢先生觀書後寫下的筆記；中文、英

文、法文、德文、意大利文、西班牙文、拉丁文，都是莎士比亞筆下丹麥王子所説的「文字，文字，文字……」，是字林，是字的森林、叢林、熱帶雨林，其「繁密」超出古代詩評家鍾嶸的想像。《手稿集》中，從《詩學》到《二十年目睹之怪現狀》，都是「急管繁弦」般密密麻麻的鋼筆字、毛筆字，是錢老年輕時就開始寫的——1930年代留學英國時，在牛津大學的圖書館「飽蠹樓」（Bodleian Library；「飽蠹樓」音義兼顧，是錢鍾書的雅譯，就像徐志摩之譯Firenze為翡冷翠）。飽蠹樓的書不准外借，錢先生於是天天在樓中「蛀」書、抄書；這隻不饜的蠹蟲，被餵飽了詩書。札記有一條記愛爾蘭詩人葉慈的話：耶穌最容易受誘惑。鍾書先生只受書的誘惑，不受別的誘惑，包括名的誘惑。他不求名而成大名後，曾婉拒多所大學要頒給他的榮譽博士學位。據錢夫人楊絳女士説，已出版的這三巨冊《手稿集》，其篇幅大約只有錢氏全部筆記手稿的二十分之一。這些手稿是這位文化英雄的一部文字傳奇。

先略述其生平。錢鍾書，字默存，1910年11月21日出生，江蘇無錫人。他出自書香門第，幼受庭訓，記憶力驚人，酷愛文藝，又極用功。1933年畢業於清華大學外文系，1935年得獎學金赴英國牛津大學深造，1937年得B.Litt學位，再留學法國一年。1938年歸國，先後任教於多所大學。1949年任清華大學外文系教

授，後改任中國社會科學院文學研究所研究員。1980年代任該院副院長。錢氏兼通中西七種語文，其文學論著如《談藝錄》、《舊文四篇》、《管錐編》等旁徵博引，中西比較，議論卓越。錢氏另有雜文集《寫在人生邊上》，短篇小說集《人．獸．鬼》及長篇小說《圍城》，後者被譯成多種外文。錢氏的作品，無論創作或評論，都文采斐然，其談話則風趣機智，但他極少演講或講學。1980年代起大陸推行開放政策，一般作家學者的文學交流活動甚多，但錢氏在北京寓所與夫人楊絳深居簡出，以讀書、寫字、撰述自娛。1994年因病住醫院，1998年12月19日逝世，終年88歲。1980年代以來，大陸內外研究錢鍾書者，由鄭朝宗啟其端，愈來愈多，形成「錢學」。已刊行的錢氏傳記有多部；述論錢氏作品的專著和專刊，有二、三十種。向錢看的學者已頗有一群，從多個角度觀看到其成就所在，有了纍纍的錢學成果。本文試就錢氏學說和錢氏文采兩方面，提出觀察、研習的報告如下。

二　錢氏學說：「東海西海，心理攸同」

　　中西文化相同？相異？如果是相同，那是全同還是大同小異？如果是相異，那是迥異還是大異小同？中國和西方，地域廣大而歷史悠久，語言、種族、宗教、民間風俗等等，一看而知是

不同的，中西文化怎會全同？如果説中西文化大同，那麼，相同到什麼程度才算大同？比較時有什麼指數、指標作為根據？還有，文化是人類物質產品和精神活動的總體，包括衣食住行、典章制度、哲學宗教、文學藝術等等，內涵極為豐富複雜，實在極難概而論之。

中西文化的異同，至少已被討論了三、四百年。舉例而言，德國人黑格爾認為西方有哲學而中國無哲學，或者説中國哲學是「史前哲學」；黑氏認為中國的文字不宜作思辯之用。叔本華認為「歐洲人的基本思維方式與亞洲人截然不同」。近代中國學者也侃侃而論中西文化。陳獨秀説：「西洋民族以戰爭為本位，東洋民族以安息為本位……西洋民族以個人為本位，東洋民族以家庭為本位。」梁漱溟説：「西方文化是以意欲向前要求為其根本精神的……西方的文明是成就於科學之上；而東方則為藝術式的成就也……西方的學術思想，處處看去，都表現一種特別的彩色，與我們截然兩樣，就是所謂『科學精神』。」錢穆説：「我民族文化常於和平中得進展……歐洲史每常於鬥爭中著精神……中國史如一首詩，西洋史如一本劇。」20 世紀之始，辜鴻銘説：「必須承認，一場鬥爭現在正在歐洲文化與遠東文化之間進行著。人們可以將它看作東亞文化與中世紀歐洲文化間的鬥爭。」這個世紀之末，亨廷頓 (Samuel Huntington) 説：「在這個新世界，最廣遠、

重要、危險的衝突，不會是社會階級之間、貧富之間、或其它經濟性集團之間的衝突，而是屬於不同文化實體的人民之間的衝突。」上述這些人認為中西文化差異甚大、極大，甚至中西文化迥異。

中國之東有東海。印度和阿拉伯半島之間有阿拉伯海，沙特阿拉伯和埃及之間有紅海，伊朗和俄羅斯之間有裏海，歐洲和非洲之間有地中海；阿拉伯海、紅海、裏海、地中海，都可在中國的古書中稱為西海。東海之濱和西海之濱，數千年來棲居著種族、語言、宗教、生活方式不同的人，產生了、發展了不同的文化，形成了不同的文明，而錢鍾書說：「東海西海，心理攸同。」他的意思是：中西文化基本上是相同的，有共同的基本信念、核心價值；換言之並引申之：中西文化、中外文化、世界各種文化是大同的。錢鍾書的《談藝錄》、《管錐編》、《七綴集》等著作，舉出如長河大海般古今中外的事物和理論，說明「東海西海，心理攸同」，其例證的豐富，我們不知道西方有沒有學者的著作可和他相比——也許難以望其背項。錢鍾書著述論及的範圍，極其廣大，人文學科和社會科學無所不包，甚至有涉及科技的。他論述文學的單篇文章中，大概以〈詩可以怨〉和〈通感〉兩篇最為著名，經常為人引用。這兩篇正可用來說明「心同」和「理同」。

〈詩可以怨〉主要說明「心同」，〈通感〉主要說明「理同」。這

裏「心」可譯為 heart，「理」可譯為 mind；「心」「理」二者有別，但也常常混合為一。不同文化的人，貌異心同，都要抒發感情，特別是心中的悲怨之情。正因為如此，〈毛詩序〉說「詩可以怨」，而西方有悲劇。錢鍾書旁徵博引，論述中西同「怨」：在中國，詩的妙訣，「只有銷魂與斷腸」；在西方，詩人說「最甜美的詩歌就是那些訴說最憂傷的思想的。」在中國，《文心雕龍》說「蚌病成珠」；在西洋則有「詩好比害病不作聲的貝殼動物所產生的珠子」之說。至於〈通感〉，這說明的是詩文修辭的一個規律、原理。作家創作時，或為了求忠實表現「入神」、「迷狂」的情狀，或為了求「自鑄偉詞」、「陌生化」的效果，乃打破、打通五官六感，而有「通感」。也因此，天宇靜止的星星有行動有聲音：蘇東坡的詩說「小星鬧若沸」，意大利的詩人說「碧空裏一簇星星吱吱喳喳像小雞兒似的走動」。也因此，聲音是看得見的：中國的詩人說「風隨柳轉聲皆綠」，西方的詩人說知了在樹上「傾瀉下百合花也似的聲音」。

　　錢鍾書對詼諧文字甚感興趣，其〈小說識小〉一文引述一笑話，頗能博讀者諸君一粲，也可見東方西方心同笑同。錢引《笑林廣記》謂南北二人均慣說謊，一次二人相遇，南人謂北人曰：「聞得貴處極冷，不知其冷如何？」北人曰：「北方冷時，道中小遺者需帶棒，隨溺隨凍，隨凍隨擊，不然人與牆凍在一處。聞尊處極熱，不知其熱何如？」南人曰：「南方熱時，有趕豬道行者，

行稍遲，豬成燒烤，人化灰塵。」錢氏又引英詩人《羅傑士語錄》（*Table Talk of Samuel Rogers*, ed. A. Dyce）第135頁記印度天熱而人化灰塵之事（pulverised by a coup de soleil），略謂一印度人請客，驕陽如灼，主婦渴甚，中席忽化為焦灰一堆；主人司空見慣，聲色不動，呼侍者曰：「取箕帚來，將太太掃去（Sweep up the mistress）。」錢氏曰：較之《廣記》云云，似更詼諧。

中西文化不同論者亨廷頓，其《文明衝突和世界秩序的重建》（*The Clash of Civilizations and the Remaking of World Order*）在1996年出版，他認為文明不同（宗教是界定文明的重要因素）會引起衝突。此書面世後五年，即有911「恐怖襲擊」，不久後美國攻打阿富汗，後來又入侵伊拉克，「恐怖分子」先後襲擊亞、歐、非洲多國，包括近年對英國、埃及的多次行動。在這些衝突中，率先「恐怖」起來的是阿蓋達組織，屬伊斯蘭教；攻打阿富汗、伊拉克的美國，及其盟友英國，屬基督教。同意亨廷頓學說的人說：「這正是文明的衝突，證明了亨廷頓響噹噹的理論。」且慢這樣下結論。我們應該先問：「為什麼本·拉登（Osama bin Laden）不去襲擊上海的金茂大廈？中華民族不是阿拉伯人、漢語不是阿拉伯文、中國不是伊斯蘭國家啊！」不必是美國問題專家，一般關心時事世局的人，都知道美國在外交方面一向偏幫以色列，引起巴勒斯坦等伊斯蘭國家的不滿，本·拉登才會有911的「恐怖襲

擊」。而美國入侵阿、伊，報復和消滅「恐怖分子」只是藉口而已；實際的原因是獲得石油，是控制產油國。21世紀的美國「十字軍」東征，表面上與宗教、文化有關，實際上是經濟導致的，就像11至13世紀的十字軍東征一樣。

再舉一例。中西文化相異論者，當認為中國和英國文化迥異，迥異引起衝突，乃有19世紀的鴉片戰爭。然而，要提醒中西文化相異論者的是，2010年11月上旬，英國首相率領龐大商貿團訪問北京，一副友好敦睦的樣子，哪裏來的衝突？衝突與否，關鍵是經濟啊，不是文化。我們不是說文化、文明的差異不會引起衝突；而是說文化、文明的差異，不曾是（也不應是）衝突唯一的原因，或最重要的原因。

人與人之間、團體與團體之間、國家與國家之間，衝突的原因非常複雜。雖然，「非我族類，其心必異」這樣的論斷，可能是衝突成因；同種同文同宗同事同學就一定能和諧相處嗎？翻一翻歷史，看一看周遭，就可得到答案。

中西文化相同還是相異，東海西海是否同理同心，誠然論說紛紜。西海有相異論，也有相同論。歌德就認為「中國民族是一個和德國很相似的民族，中國人在思想行為和情感方面幾乎和我們一樣」。西海更西一些，大西洋岸邊的奈保羅（V. S. Naipaul），

宏觀東海西海之後，也有「普世文明」（universal civilization）之說。奈保羅認為：在文化上，人類匯合在一起；全世界的人，共同的價值、信念、取向、實踐、體制愈來愈獲得採納；一個「普世文明」就這樣產生了。所謂共同的價值、信念、取向等等，就是錢鍾書說的「心」、「理」。「非我族類，其心必異」？不，「非我族類，其心大同」。我們也可以說，種族膚色、語言文學、宗教儀式、生活習俗這些形式、表層、外貌之「異」，實際上藏著深層的、內心的「同」，是「貌異心同」。最近看到 2010 年 9 月 16 日出版的《社會科學報》，其海外新書欄介紹《心中之火：白人積極分子如何擁抱種族平等》（*Fire in the Heart: How White Activists Embrace Racial Justice*）一書，內有「白人積極分子發現他們與有色人種擁有相同的核心價值觀」的說法；由錢鍾書來講，這就是白人黑人心理攸同。誠然，禮義廉恥，或者說，仁義禮智信，這些怎會不是普世價值呢？

　　中西文化的異同是個極大的議題，涉及諸種學科、諸多角度既深且廣的研探，議論紛紛是必然的。筆者絕無才學獨力作全面的研討與判斷，對此所能說的，只是比管更狹窄、比錐更尖小的一得之淺見而已；只是震服於錢鍾書的海量式論據，進而折服於他之高見而已；只是憑數十年的閱讀、觀察、體會，認為東海西海事事物物的基本性質或核心價值相同而已。

三　錢鍾書平心論中西文化

錢鍾書認為東海西海心同理同，這無形中給中西文化優劣論附帶來個平議。王國維在一百年前說：

> 我國人之特質，實際的也，通俗的也；西洋人之特質，思
> 辯的也，科學的也，長於抽象而精於分類，對世界一切
> 有形無形之事物，無往而不用綜括（generalization）及分析
> （specification）之二法，故言語之多，自然之理也。吾國人之
> 所長，寧在於實踐之方面，而於理論之方面則以具體的知識
> 為滿足，至分類之事，則除迫於實際之需要外，殆不欲窮究
> 之也。

王氏又說：

> 故我中國有辯論而無名學，有文學而無文法，足以見抽象與
> 分類二者，皆我國人之所不長，而我國學術尚未達自覺（self-
> consciousness）之地位也。

對王國維這個說法認同的人頗多。年前我在成都講學，有研究生發表類似的意見，我對他們說：「沒有分析的頭腦，沒有科學的思維，諸位不遠處都江堰的水利工程建設得起來嗎？那是二千多年前的偉大成就啊！你們讀古代的經子史集等典籍，它們多

的是分析、分類和體系。」

　　錢鍾書平心論中西文化，讓中國文化與西方文化平起平坐；他指出東海西海心同理同處，對東方人西方人的品性差劣處同聲諷刺針砭。《圍城》的序云：「在這本書裏，我想寫現代中國某一部分社會、某一類人物。寫這類人，我沒忘記他們是人類，只是人類，具有無毛兩足動物的基本根性。」錢氏意謂東方人西方人都是「無毛兩足動物」，都有它們的「基本根性」。這本小說中的人物，絕大多數都是中國人，錢鍾書固然把他們諷個不亦樂乎；一有機會，他也把法國人、愛蘭人刺個不亦痛乎，例如：「孫先生在法國這許多年，全不知道法國人的迷信：太太不忠實，偷人，丈夫做了烏龜，買彩票準中頭獎，賭錢準贏。」「他住的那間公寓房間現在租給一個愛爾蘭人，具有愛爾蘭人的不負責任、愛爾蘭人的急智、還有愛爾蘭人的窮。相傳的愛爾蘭人的不動產 (Irish fortune) 是奶和屁股⋯⋯。」面對西方的一些所謂漢學家，錢鍾書的諷刀刺槍十分尖銳。他在〈談中國詩〉一文中引述了一個故事，與法國最高學術機構的漢學教授有關的：

> 讓我從高諦愛 (Gautier) 的中篇小說 *Fortunio* 裏舉個例子來證明中文的難學。有個風騷絕世的巴黎女郎在他愛人的口袋裏偷到一封中國公主給他的情書，便馬不停蹄地坐車拜訪法蘭

西學院的漢學教授，請他翻譯。那位學者把這張紙顛倒縱橫地看，禿頭頂上的汗珠像清晨聖彼得教堂圓頂上的露水，最後道歉說：中文共有八萬個字，我到現在只認識四萬字；這封信上的字恰在我沒有認識的四萬字裏面的。小姐，你另請高明吧。

錢鍾書諷刺西方漢學家的中文修養，其利箭且直接射向諾貝爾文學獎。在錢氏1940年代的小說〈靈感〉中，中國某位多產作家參選諾貝爾文學獎。袞袞諾獎諸公不懂中文，乃向一「支那學」者請教，「支那學」者嚴肅地回答：「親愛的大師，學問貴在專門。先父畢生專攻漢文的圈點，我四十年來研究漢文的音韻，你問的是漢文的意義，那不屬於我的研究範圍。至於漢文是否有意義，我在自己找到確切證據以前，也不敢武斷。我這種態度，親愛的大師，你當然理解。」

四　錢鍾書以「艱深文飾淺陋」為戒

錢鍾書通洋學而不崇洋，和百年來很多中華學者不通洋而崇洋，大異其趣。我們讀《談藝錄》與《管錐編》，可發現錢鍾書以其博淵與睿智，作中西平行、平等的比較，而不是怯於中弱西強，而為西學所惑、所乘。20世紀是所謂文學批評的世紀，學院

裏的一些文學理論家，為了揚名，或為了保住飯碗（因為不出版就完蛋 publish or perish），於是創新、解構、顛覆，走火入魔，製造了大量術語、話語、新語、深語——深不可測、難不可解的詞語。文字的妖魔四處蠱惑人、嚇壞人。錢老則入乎迷宮之內、魔障之內，而能出乎其外，不為所蠱所嚇，而看破之，超越之。

錢老多年前在給我的一封信中，即對現代那些理論掛帥、術語先行的文章表示反感。他說：「一般文藝理論的文章（海外的和外文的，和一些貴同事的，不在例外）都像一位德國哲學史家批評一位英國哲學家所謂 Technical terms are pushed to and fro..., but the investigation stands still。」錢老引述的話，譯成中文，其意是：「專門術語搬來搬去，而研究本身原地不動。」換言之，就是只炫耀玄虛術語，而無實質內容。更有甚者，就是所謂的「論文」乃東拼西湊而成，玄虛雜亂，根本不知所云。錢鍾書批評過一些中華學者，說他們談文論藝時，常常以「艱深文飾淺陋」（the elaboration of the obvious），並引以為戒。

1996年夏天，美國人文社會學科學術界發生的「騷哥戲弄事件」（Sokal Hoax），簡直像孫悟空大鬧天宮，對這類「論文」大加諷刺。讓我們回顧這一場惡作劇：紐約的索卡爾（Alan Sokal）——香港一位學者把他戲譯為「騷哥」——教授製作了一篇長而艱難的學術論文，投給著名學報《社會文本》（*Social Text*），蒙其編委及評

審諸公「青睞」採用，予以發表。發表之日，騷哥預先寫好的惡作劇式事件本末聲明也在他刊公佈了。原來其「大作」弄虛作假、胡說八道，一大堆的術語，一大串的徵引，都不過是裝腔作勢、眩人耳目而已。美國的學術界為之騷動。這篇「論文」的七寶樓臺，拆卸下來，不成片段，而且材料大都是贗品。那時錢老在北京入住醫院已兩年，86歲的病弱老人，如知道此事，一定會拿它作話題，與夫人和千金開懷說笑（不過，那時錢瑗大概也因病住院，父女不能聚在一起）。像其它專業一樣，文學研究不能沒有術語。賦比興是術語，悲劇與史詩是術語。術語從先秦、從古希臘就存在，而且增益繁衍，而且會和文學永垂不朽。問題是西方20世紀的很多文學研究者，術語用過了頭，大大越過了中庸之道。術語、理論掛帥者要登天，建造一座術語、理論的通天之塔，結果自毀之，成為倒塌了的巴別之塔（Towel of Babel）：術語太多太費解，連文學研究者都不能互相溝通。

五　比喻大師錢鍾書的樂活文章

　　錢鍾書學問淵博，出入中西七種語言的典籍，肆意徵引，而絕不濫用術語，行文絕不晦澀夾纏；反過來說，文筆俊朗活潑，讀來樂趣盎然，正是其特色。其小說《圍城》諷刺的事物，有知識

分子的出國留學熱、知識分子的弄虛作假等等。例如，作者這樣議論文憑：「這張文憑，彷彿有亞當、夏娃下身那片樹葉的功能，可以遮羞包醜；小小一方紙能把一個人的空疏、寡陋、愚笨都掩蓋起來。」這裏說的是學位證書與學問沒有必然關係；愈是學問不濟的人，愈需要文憑來掩飾。又例如，小說中褚慎明娓娓道及他跟英國哲學家羅素的交往，說羅素請他幫忙「解決許多問題」；原來羅素確實問過褚慎明甚麼時候到英國、有甚麼計劃、茶裏要攔幾塊糖這一類問題。這裏諷刺的是，褚慎明大言不慚、攀龍附鳳的虛榮心理。《圍城》幾乎每頁都有幽默可笑的諷刺，它的另一個手法是用比喻，也是幾乎每頁都有，有時一頁中接二連三。

　　錢鍾書是比喻大師，像個嗜「魚」的饕餮客，他是個無喻不歡的作家。《圍城》中的諷刺，常常用比喻的筆法表現出來，上述對文憑的諷刺，以亞當、夏娃的遮羞樹葉為比喻，就是一個例子。還有幾個對食物的妙喻。方鴻漸和鮑小姐在一家西菜館進餐，「誰知道從冷盤到咖啡，沒有一樣東西可口；……魚像海軍陸戰隊，已登陸了好幾天；肉像潛水艇士兵，曾長時期伏在水裏……。」這裏所用的比喻，使人讀來噴飯。再舉一例。買辦張吉民，「喜歡中國話裏夾無謂的英文字。他並無中文難達的新意，需要借英文來講；所以他說話裏嵌的英文字，還比不得嘴裏

嵌的金牙，因為金牙不僅妝點，尚可使用，只好比牙縫裏嵌的肉屑，表示飯菜吃得好，此外全無用處。」金牙和肉屑，都是妙喻。

　　錢鍾書的文學論文也文采斐然，令人讀之而樂。他的〈詩可以怨〉、《宋詩選注‧序》等篇，旁徵博引，「彌綸群言，而研精一理」，當然是學術論文。他這些論文在明暢說理之際，講究用比喻、用對仗，活潑多姿，與一般學術論文的行文平實以至枯燥乏味，大不相同。例如，〈詩可以怨〉比較司馬遷和鍾嶸對寫作動機的說法，解釋道：

> 司馬遷〈報任少卿書〉只說「舒憤」而著書作詩，目的是避免姓「名磨滅」、「文采不表於後世」，著眼於作品在作者身後起的作用，能使他死而不朽。鍾嶸說：「使窮賤易安，幽居靡悶，莫尚於詩。」強調了作品在作者生時起的作用，能使他和艱辛冷落的生涯妥協相安；換句話說，一個人潦倒愁悶，全靠「詩可以怨」，獲得了排遣、慰藉或補償。

這樣說固然文意清晰暢達，而錢鍾書不滿足於「辭達而已矣」，乃要在這段話之前，先來一句：「同一件東西，司馬遷當作死人的防腐溶液，鍾嶸卻認為是活人的止痛藥和安神劑。」讓讀者眼前一亮，腦海光波一閃，跟著追讀下文。這好比是作戰時夜空中先放了個照明彈，然後揮軍出擊，直搗黃龍。《宋詩選注‧序》的辭

采更璀亮，比喻一個接一個，如：

> 詩是有血有肉的活東西，史誠然是它的骨幹，然而假如單憑
> 內容是否在史書上信而有徵這一點來判斷詩歌的價值，那就
> 彷彿要從愛克司光透視裏來鑒定圖畫家和雕刻家所選擇的人
> 體美了。

> 假如宋詩不好，就不用選它，但是選了宋詩並不等於有義務
> 或者權利來把它說成頂好、頂頂好、無雙第一，模仿舊社會
> 裏商店登廣告的方法，害得文學批評裏數得清的幾個讚美字
> 眼兒加班兼職、力竭聲嘶的趕任務。

還有對仗式語句，在宋代：

> 又寬又濫的科舉制度開放了做官的門路，
> 既繁且複的行政機構增添了做官的名額。

崇洋的中華學者，往往連西方漢學界的洋學者也奉為崇敬的
對象。一位中華學者月前在香港的一個研討會上說：哈佛大學教
授、漢學家宇文所安 (Stephen Owen)「將學術思想納入文學形
式，娛吾思及人之思，樂吾趣及人之趣，用兼具敘事、隱喻、擬
人等話語方式的文學性言說，拆解既有的研究套路，為中國文學
批評貢獻『娛思的文體』(entertain an idea)」。宇文所安的說法 (見
其《他山的石頭記》的自序) 是：「我以為，中國古典文學非常需要

『散文』，因為它已經擁有很多的『論文』了。」他指出「論文」與「散文」的區別：

> 「論文」是一篇學術作品，點綴著許多注腳，「散文」則相反，它既是文學性的，也是思想性的、學術性的。「論文」於知識有所增益，它希望自己在未來學術著作的注腳中佔據一席之地，「散文」的目的則是促使我們思想，改變我們對文中討論的作品之外的文學作品進行思想的方式。「論文」可以很枯燥，但仍然可以很有價值，「散文」則應該給人樂趣──一種較高層次的樂趣：思想的樂趣。

其實，錢鍾書寫論文時，正如上文實例所顯示，用的正是這樣的一種文學性強、予人閱讀和思想樂趣的「散文」文體，只是該漢學家及其崇敬者未曾覺察，或雖覺察而不指出而已。當代詩文雙璧的文學大師余光中，所寫的文學論文也是這樣的一種文采斐然、生動活潑、讓人樂讀的「散文」。余光中指出當前某些文學論文之弊：「文采平平，說理無趣，或以艱澀文飾膚淺，或以冗長冒充博大，更是文論的常態。」「文筆欠佳，甚至毫無文采，是目前評論的通病。」余氏又説：「評論家也是廣義的作家，應有義務展示自己文章的功夫。如果自己連文章都平庸，甚至欠通，他有什麼資格挑剔別人的文章？……筆鋒遲鈍的人，敢指點李白嗎？文采

貧乏的人，憑什麼挑剔王爾德呢？」

《文心雕龍‧論說》論「論」和「說」兩種文體，其中「說者，悅也，兌為口舌，故言資悅懌」；意謂「說」就是喜悅，說話或「說」這種文體，應該令人喜悅、予人樂趣。《文心雕龍》學者解釋「說」這種文體，認為它的寫作特色，包括用「生動形象的比喻來說服對方」。這使人聯想到古希臘大學者亞里士多德在《修辭學》（Rhetoric）一書中，教人演說時用具體生動的言辭、用比喻，以達到說服人的目的；古羅馬的賀瑞司認為文藝應該有益、有趣，其理相同。

由〈論說〉篇之「說」體特色觀之，則錢鍾書氏不過以「說」為「論」，在「論」之外加上了「說」、「悅」，增添了文采，不過是「論」「說」合璧而已，其目的在使人「悅讀」後「悅服」。

六　文學功業永垂百載千年

2009年辭世的法國人類學者李維‧史陀（Claude Levi-Strauss）在其1955年出版的名著《憂鬱的熱帶》（Tristes Tropiques）中，指出亞馬遜雨林印第安部族的不同部落，骨子裏有相同的深層結構；而原始部族的深層思想體系，跟文明的西方社會並無分別。加拿大文學理論家弗萊（Northrop Frye）在其1957年出版的名著《批評

的剖析》（*Anatomy of Criticism*）中，指出不同國家、語言的文學中，有其普遍存在的各種原型（或譯為基型 archetype）。史陀和弗萊之說也就是「心同理同」之意。二人的學說獲普世重視，影響深遠。錢鍾書的《談藝錄》在 1948 年出版，其伸延性巨著《管錐編》則在 1979 年，錢鍾書視野之闊大，大概超過史陀和弗萊二人。中華學者中仰錢者眾，其「東海西海，心理攸同」說得到認同，錢學且已建立起來，但可惜的是其學說尚未有國際地位。

心同理同，中西大同，世界文化大同；全人類應有民胞物與的情懷，盡量消弭爭端，促進和諧。錢鍾書以英雄式的堅毅，建立其學說，理應獲得當世最高榮譽的文學獎或和平獎。錢氏的著作，除了盡顯其博學卓識外，還以其靈活筆調、斐然文采，讓人讀之而樂。他的小說量少而質極優，在學術論文的寫作上，則祛除時弊、樹立新風，洵為一代文宗、後世楷模。錢老已逝世 12 年，在紀念其百歲冥誕時，我們相信他的文學功業，當能百載千年而不朽。

【附記】新近流行「樂活」一詞，它從 LOHAS 而來。LOHAS 是 Lifestyle of Health and Sustainability 的縮寫，意為「健康而可持續（台灣譯作「永續」）的生活方式」。筆者論錢鍾書的文風，以活

潑機智、令人樂讀形容之，是謂「樂活」。這裏的LOHAS可釋為 Literature of Health and Sustainability，即「健康而可持續（永續）的文學（文章）」；相對於那些以「艱深文飾淺陋」、枯燥無味的「論文」，錢氏的作品自然才是健康而可持續的、可傳後的。

——寫於 2010 年

文化的吃
——《圍城》中的一頓飯

　　錢鍾書的《圍城》有一頓飯，一吃就「吃」了十四頁，有九千餘字。這頓飯在第三章，據1980年北京人民文學出版社的版本，是從頁87至101的。小説的一些主要人物方鴻漸、趙辛楣、蘇文紈都在這頓飯中出現。它的主題，也在這裏點破。

　　頁96寫哲學家褚慎明道：「關於Bertie結婚離婚的事，我也和他談過。他引一句英國古語，説結婚彷彿金漆的烏籠，籠子外面的鳥想住進去，籠內的鳥想飛出來，所以結而離，離而結，沒有了局。」女主角之一的蘇文紈則説：「法國也有這麼一句話。不過，不説是烏籠，説是被圍困的城堡fortresse assiegee，城外的人想衝進去，城裏的人想逃出來。」

　　主角出現，主題登場。第三章這一頓飯，其重要性可知。錢鍾書的小説，可稱為「學者小説」。這一頓飯所具備的，正是學者小説的本色。夏志清教授在其《中國現代小説史》（英文原著在1961年出版）中，對錢鍾書推崇備至。1979年，廈門大學的鄭朝宗教授首倡「錢學」。此後，錢學的成果，如《管錐編研究論文集》（鄭朝宗等著，福建人民出版社，1984年）、《聯合文學·錢鍾書

專輯》(黃維樑編，台北，1989年)、《錢鍾書研究》第一輯(北京文化藝術出版社，1989年)、《錢鍾書論學文選》一至四冊(舒展選編，廣州花城出版社，1990年)、《管錐編‧談藝錄索引》(陸文虎編，北京中華書局，1990年) 相繼面世。瀏覽一遍，我發覺從整體去析評《圍城》的論文很多，從小處去窺城之磚一瓦、一衣一飯的絕少。錢學如要開拓，如要向前看，我認為不妨從小處著眼，最好是能夠因小識大。本文即嘗試從一飯去觀看一城，以道出《圍城》學者小說的特色。

這頓飯由趙辛楣請客，應邀赴會者有蘇文紈、方鴻漸、褚慎明、董斜川。趙辛楣把方鴻漸視作情敵，對方氏不懷好意，希望弄得方氏在眾人面前出洋相，從而使蘇文紈討厭方氏而喜歡自己。

方鴻漸一到館子，看到兩個客人，樣子就相當滑稽。那個褚慎明「光光的臉，沒鬍子也沒皺紋，而看來像個幼稚的老太婆或者上了年紀的小孩子」；董斜川則「鼻子直而高，側望像臉上斜擱了一張梯」。褚慎明有「光光的臉」；董斜川臉上「斜擱」著梯。不知是否錢鍾書有意「望文生義」，開開玩笑。

錢鍾書文學知識廣博，對20世紀以亨利‧詹穆士(Henry James) 為首的客觀敘述式小說理論，自然嫻熟於胸，他也自然知道這是當時的一股主流。不過，錢氏我行我素，寫小說時用的是

較為古老的夾敘夾議手法——弗德曼（Norman Friedman）所謂的 editorial omniscience，[1] 因為非如此，他就不能在文章中「放蕩」、[2] 突然滑稽了。

頁88說褚慎明「自小負神童之譽，但有人說他是神經病」；頁89說他心裏裝滿女人，研究數理邏輯的時候，看見a posteriori（從後果推測前因）那個名詞會聯想到posterior（後臀），看見x記號會聯想到kiss……，這些都是文字上的滑稽。場面的滑稽，則有如頁95寫這位心裏裝滿女人的哲學家，聽到蘇文紈跟他講「心」後，「非常激動，夾鼻眼鏡潑剌一聲直掉在牛奶杯裏，濺得衣服上桌布上都是奶，蘇小姐胳膊上也沾潤了幾滴」。頁100方鴻漸醉酒嘔吐，是另一滑稽場面。對此褚慎明有下面的反應：他「滿臉鄙厭，可是心上高興，覺得自己已潑的牛奶，給鴻漸的嘔吐在同席者的記憶裏沖掉了」。

方鴻漸成了褚慎明的遮醜布。醜要遮掩，美當然要顯耀。褚慎明以認識羅素為榮，為美，怎能不借機會炫耀一番。頁95這樣記錄褚和方的對話。方問褚「哲學家學家」（philophilosopher）的出處。褚說：「這個字是有人在什麼書上看見了告訴Bertie，Bertie告訴我的。」方問：「誰是Bertie？」褚答：「就是羅素了。」按羅素的全名是Bertrand Russell，是著名的哲學家，當時在英國新襲勛爵，而褚慎明跟他親狎得叫他的乳名，連董斜川都羨服了，便

説：「你跟羅素很熟？」褚答道：「還夠得上朋友，承他瞧得起，請我幫他解答許多問題。」看《圍城》至此，讀者一定對褚慎明另眼相看。就在這裏，作者錢鍾書發揮了夾敘夾議法的莫大功能，他加評道：「天知道褚慎明並沒吹牛，羅素確問過他什麼時候到英國、有什麼計劃、茶裏要攔幾塊糖這一類非他自己不能解答的題。」這樣的攀龍附鳳、自欺欺人，當然可以和《孟子‧齊人有一妻一妾》故事中的齊人看齊了。

虛榮心不分古今，更無別中外。頁88寫褚慎明和外國哲學家的交往，極諷刺之能事，茲整段恭錄如下：

外國哲學家是知識分子裏最牢騷不平的人，專門的權威沒有科學家那樣高，通俗的名氣沒有文學家那樣大，忽然幾萬里外有人寫信恭維，不用說高興得險的忘掉了哲學。他們理想中國是個不知怎樣鄙塞落伍的原始國家，而這個中國人信裏說幾句話，倒有分寸，便回信讚褚慎明是中國新哲學的創始人，還有送書給他的。不過褚慎明再寫信去，就收不到多少覆信，緣故是那些虛榮的老頭子拿了他第一封信向同行賣弄，不料彼此都收到他的這樣一封信，彼此都是他認為「現代最偉大的哲學家」，不免掃興生氣了。

外國的哲學家，如果有機會讀到《圍城》外文譯本這一段，看到

「專門的權威沒有科學家那樣高，通俗的名氣沒有文學家那樣大」的警句，不知作何感想、有何牢騷了。

　　警句出自作者錢鍾書的口，於是也出自「大才子」董斜川的口。頁92，趙辛楣和董斜川，都向方鴻漸勸酒。董說：「你既不是文紈小姐的『傾國傾城貌』，又不是慎明先生的『多愁多病身』，我勸你還是『有酒直須醉』罷。」頁96寫褚慎明的眼鏡跌入牛奶中，奶花四濺，後來取出眼鏡並把它抹乾。董斜川道：「好，好，雖然『馬前潑水』，居然『破鏡重圓』，慎明兄將來的婚姻一定離合悲歡，大有可觀。」出口成章，此之謂也。

　　用比喻是使文章精警的另一手法。錢鍾書是比喻大師，早有定論。頁97說方鴻漸聽到大人物的名字後，暗叫慚愧：「鴻漸追想他的國文先生都叫不響，不比羅素、陳散原這些名字，像一支上等哈瓦那雪茄煙，可以掛在口邊賣弄，⋯⋯。」頁98說董斜川即席寫了一些詩句，大家看了，「照例稱好，斜川客氣地淡漠，彷彿領袖受民眾歡迎時的表情」，作者藉此把當領袖的自大加以諷刺。

　　董斜川不但寫詩，還評詩。當然，詩是作者錢鍾書代他寫的，詩評也可能反映了錢氏的見解。頁90這樣寫董斜川的議論風發：「新詩跟舊詩不能比！我那年在廬山跟我們那位老世伯陳散原先生聊天，偶爾談起白話詩，老頭子居然看過一兩首新詩。他

說還算徐志摩的詩有點意思，可是只相當於明初楊基那些人的境界，太可憐了。」《圍城》中蘇文紈和曹元朗都寫新詩，可是作者道及他們的新詩時，並無好評。錢鍾書向來只寫舊體詩，他對新詩評價不高，看來數十年的立場並無改變。新詩作品良莠不齊，如果入眼的都少佳作，也就難怪有這樣的看法了。

頁97又寫董斜川的詩觀。他先是評東洋留學生只捧蘇曼殊，西洋留學生只捧黃公度，卻不知有蘇東坡和黃山谷。當蘇文紈問他近代的舊詩誰算最好時，他說「當然是陳散原第一」，「這五六百年來，算他最高」。按陳散原即陳三立，論者謂其詩以「生澀奧衍」見稱。董斜川接著還滔滔講述唐以後大詩人的「陵谷山原」諸家。吃飯在這裏已變成為聽講：董斜川是位詩學教授，而褚慎明當然是位哲學教授了。

褚慎明如果真的教起哲學來，應該開一科語言分析哲學或語意學之類。請聽他的高論：

> 這句話（你研究什麼哲學問題？）嚴格分析起來，有點毛病。哲學家碰見問題，第一步研究問題：這成不成問題，不成問題的是假問題 pseudo question，不用解決，也不可解決。假使成問題呢，第二步研究解決：相傳的解決正確不正確，要不要修正。你的意思恐怕不是問我研究什麼問題，而是問我

研究什麼問題的解決。

再聽：「現在許多號稱哲學家的人，並非真研究哲學，只研究哲學上的人物文獻。嚴格講起來，他們不該叫哲學家philosophers，該叫『哲學家學家』philophilosophers。」頁95還有：

褚慎明：「方先生，你對數理邏輯用過功沒有？」

方鴻漸：「我知道這東西太難了，從沒學過。」

褚慎明：「這話有語病，你沒學過，怎會『知道』它難呢？你的意思是『聽說這東西太難』。」

平情而言，褚慎明的議論，都是「慎思」「明辨」的成果，有邏輯性，可以接受的。只是很多人都會像趙辛楣一樣，嚇得口都不敢開了。

這頓飯，眾人之口都開得大大的，不過出口超過入口，因為眾人都在作「脫口秀」(talk show)。我們看不到眾人吃了什麼菜，因為作者既不寫他們夾菜、吃菜，連侍應端菜都不寫——遑論他們叫了什麼名堂的菜了。這裏寫到吃，但只是吃的掌故趣聞：頁93說外國人「白煮雞，燒了一滾，把湯丟了，只吃雞肉」；說「茶葉初到外國，那些外國人常把整磅的茶葉放在一鍋子水裏，到水燃開，潑了水，加上胡椒和鹽，專吃那葉子」；說某個做官的，「有人外國回來送給他一罐咖啡，他以為是鼻煙，把鼻孔裏

的皮都擦破了」。虛榮心不分中外，對吃的無知亦然。

　　這一頓飯提到吃的，就只有上面這些。吃的文化沒有多少，有的是文化的進餐、文化的吃。這個晚上，方鴻漸被挖苦，被欺負，被灌醉，以至「出醜」。趙辛楣的目的達到了。然而，方鴻漸的窘境只引來蘇文紈的憐惜——她用法文低聲說「可憐的小東西」，又送他回家——而非討厭；趙辛楣的「成功只證實了他的失敗」。這一頓文化的飯，不但充分顯示了學者小說的特色，而且，趙辛楣如此弄巧反拙，造物如此弄人，也正發揮了《圍城》的主題。

—— 寫於 1990 年

注釋

1　Friedman, "Point of View in Fiction: The Development of a Critical Concept," in *PMLA*, LXX (1955).

2　簡文帝〈誡當陽公大心書〉：「立身之道，與文章異；立身先須謹重，文章且須放蕩。」我這裏轉引自文內所提的《錢鍾書論學文選》第三冊頁212。

徐才叔夫人的婚外情
——讀〈紀念〉

　　婚姻中夫妻不能歡如魚水，以致發展成婚外情，這類事件今昔中外所在多有，這類題材見於中外文學的甚多。《包法利夫人》、《安娜‧卡列尼娜》、《查泰萊夫人的情人》等，以及中國的潘金蓮故事，是一些著名婚姻醜聞的例子。

　　錢鍾書的短篇小說〈紀念〉，正以婚外情為題材。女主角曼倩才貌雙全，但不大活潑，形象頗為高雅，大學畢業時還沒有情人。畢業那年遇到徐才叔，兩年後結婚。才叔此人實不副名，他是「天生做下屬和副手的人，只聽吩咐」，「只會安著本分去磨辦公室的與天地齊壽的檯角」。此外，他有的是鄉氣和孩子氣。曼倩和才叔結婚，女方的家長是反對的；不過，他們從相識相交往到結婚，並沒有什麼轟轟烈烈的戀情。在抗戰的歲月裏，男大當婚，女大當嫁，於是二人成家，曼倩不能再苛求什麼了。錢氏《圍城》裏的方鴻與孫柔嘉的結合如此，張愛玲〈傾城之戀〉裏的范柳原與白流蘇也如此，都是並不浪漫的愛情。

　　氣質浪漫的包法利夫人，覺得丈夫性情無趣，語言無味，做愛如飯後吃甜品那樣公式化，但不甜不歡不好，於是，紅杏出牆

成為小說的下一個情節。才叔和包法利至少有一半相似。為什麼說一半？因為錢鍾書沒有提到曼倩與才叔如何行周公之禮。「周禮」如何不必深究，反正白馬王子一出場，紅杏美人就出牆。

才叔上班，曼倩在家寂寞無聊。在這個四川的山城，新書極為難得，電影又不知所謂；寂寥的曼倩，一遇上飛行員天健，靈魂兒就飛上半天。天健「並不是粗獷浮滑的少年」，比西門慶好多了。天健「身材高壯，五官卻雕琢得很精細，態度談吐只有比才叔安詳。西裝穿得內行到家，沒有土氣，更沒有油氣」。這位不是騎馬而是駕飛機的白馬王子，瞞著才叔與曼倩多次接觸後，終於把曼倩這紅杏摘到手了。

〈紀念〉的時間背景是春天。「紅杏枝頭春意鬧」。曼倩的春意春情，是慢慢地鬧的，跟潘金蓮和查泰萊夫人不能同春而語。曼倩在和才叔結婚之前，並沒有真正戀愛過，遇到天健後，她才成為一個「戀愛中的女人」（英國小說家勞倫斯有作品以此為名）。才貌雙全的女人，一生中沒有戀愛，可乎？不可！曼倩對天健的戀情，如用佛洛依德的心理分析學來說，顯然是基於一種補償心理（compensation）。在錢鍾書筆下，曼倩的鶯鶯式等待、迎拒心情，刻畫得細膩、微妙極了。錢鍾書的小說作品，數量不多，長短篇合起來，其女性角色卻也不算太少。《圍城》中的蘇文紈和孫柔嘉，自是錢氏著力經營的。不過，管見以為錢氏作品所有女性

角色中，當以曼倩的心理描寫得最精妙入微。胡定邦和Edward Gunn在其論著中都提及曼倩的虛榮心。[1]先於胡、Gunn二位論著出版的夏志清《中國現代小說史》，論錢鍾書的那一章，引了〈紀念〉中一段文字，直把曼倩的虛榮心畫龍點睛地寫了出來。[2]曼倩和天健初次——也是唯一的——幽會之後，曼倩十分後悔，而其原因之一為：「假使她知道天健會那樣蠻，她今天決不出去，至少先要換過裏面的襯衣出去。想到她身上該換下洗的舊襯衣，她此刻還面紅耳赤，反比方才的事更使她慚憤！」錢氏探討曼倩的內心世界，舉凡等待、欲迎又拒、焦慮、嫉妒、委屈、羞憤、懊惱等情緒，十分到家，其妙處，〈紀念〉的讀者宜細細欣賞，這裏引不勝引。不過，筆者還是忍不住要多舉一例：曼倩與天健幽會之後，很懊惱，回到家裏，「第一次感到虧心，怕才叔發現自己的變態。所以那晚才叔回家，竟見到一位比平常來得關切的夫人，不住的向他問長問短」。[3]

曼倩之懊惱，主要的原因是她只希望有婚外情，而不是婚外「性」，但天健卻勝利地得到「性」了。下面這段文字，清楚說明了曼倩的想法：

> 她鼓勵天健來愛慕自己，但是她沒有料到天健會主動地強迫了自己。她只希望跟天健有一種細膩、隱約、柔弱的情感關係，點綴滿了曲折，充滿了猜測，不落言詮，不著痕跡，只

用觸鬚輕迅地拂探著彼此的靈魂。對於曼倩般的女人，這是最有趣的消遣。同時也是最安全的；放著自己的丈夫是個現成的緩衝，防止彼此有過火的舉動。她想不到天健竟那樣直捷。天健所給予她的結實、平凡的肉體戀愛只使她害怕，使她感到超出希望的失望，好比腸胃嬌弱的人，吃飽油膩的東西。

情場如戰場。〈紀念〉中的戰場，並不是三角或四角戀愛那種戰場，而是男女二人，很想得到對方，中間並沒有什麼困難要克服；但雙方都不肯一面倒地求愛，恐怕這樣一面倒的話，就會失去尊嚴和矜持；於是只得想辦法讓對方來愛自己，讓自己贏得對方。上引片段的「安全」、「緩衝」、「過火」等使人聯想到戰爭，和張愛玲〈傾城之戀〉中「在水底廝殺得異常熱鬧」一類字眼一樣，都告訴讀者，情場就是戰場，而愛情的勝利，可能就為了滿足人的虛榮心。在中國現代小說家中，許地山和沈從文常寫人的天真和良善，而錢鍾書和張愛玲多寫人的機心和醜陋。

讀〈紀念〉，我們看到戀愛中的機心，也看到錢氏作品一貫的機智筆法，且舉例如下：

「每一個少年人進大學，準備領學位之外，同時還準備有情人。」

「愛情相傳是盲目的，要到結婚後也許才會開眼。」

「女人的驕傲是對男人精神的挑誘，正好比風騷是對男人肉體的刺激。」

「要對一個女人證明她的可愛，最好就是去愛上她。」

「到家平靜下來，才充分領會到心裏怎樣難過。她知道難過得沒有道理，然而誰能跟心講理呢？」

「要最希望的事能實現，還是先對它絕望，準備將來有出望外的驚喜。」

「譬如盜亦有道，偷情也有它的倫理。」

「天健此時，人和機都落在近郊四十里地的亂石坡裏，已得到慘酷的和平。一生在天空中活動的他，也只有在地下才能休息。」

錢鍾書學貫中西，他的警句，固然常有亞里士多德強調的對比成分，也得力於中國古典文學的對偶手法。錢氏又是比喻大師。用比喻是作家才華的表現，我曾用不帶貶義的「浮慧」一詞來形容錢氏這種喜用比喻的風格。[4]他的作品裏，三行一比，五行一喻，象徵卻少用了。《圍城》的書名，本來可以是一個象徵，但作者在小說中解釋圍城所代表的意義，這就變成明白直接的比喻了。

〈紀念〉的開始是這樣的：「雖然是高山一重重裹繞著的城

市，春天，好像空襲的敵機，毫無阻礙地進來了。」句中「春天，好像……」是個比喻，然而，在開首這整個句子中，我卻讀出言外之意來，因此我認為整個句子是個象徵。曼倩是「高山一重重裹繞著的城市」，而天健是「空襲的敵機」，攻佔了她的心，贏得了她的情，奪得了她的「性」。曼倩與天健的戀愛，儘管不怎樣浪漫，也算給她帶來了春天。這篇小說的時間背景是春天，正符合了佛萊 (Northrop Frye) 基型論的「春天—愛情—喜劇」的說法。

天健最後死去了，這還是喜劇嗎？我認為〈紀念〉的喜劇性遠多於悲劇性。錢鍾書對天健的死有這樣的「蓋棺定論」：「一生在天空中活動的他，也只有在地下才能休息。」這裏哪有悲劇的意味？這篇小說的最後一段則如下：「才叔懶洋洋地看著他夫人還未失去苗條輪廓的後影，眼睛裏含著無限的溫柔和關切。」這簡直是喜劇的團圓和諧結局了。曼倩與天健發生關係，懷了天健的孩子，而才叔還以為是他自己的骨肉，甚至向曼倩建議，把將來的孩子命名為天健，以紀念這位在空戰中罹難的親戚。才叔無才，但無才有無才的幸福。才叔是小說中那垛又黑又粗糙的土圍牆。人家的白粉牆，敵機空襲時成了投彈的目標，而才叔家的這垛黑牆不會。鄰居的白粉牆，有同巷的孩子塗鴉；才叔家的這垛，使他們無用武之地。這垛黑而粗糙的土牆，卻發揮了保護和自衛的作

用，這是《莊子》的無用之用哲學，而土牆是才叔的象徵。錢鍾書的小說，都用夾敍夾議的全知觀點(editorial omniscience)寫成，議論風發。〈紀念〉也如此。不過，此篇著實多了些蘊藉與含蓄，因為作者用了象徵筆法。[5]春天、空襲的敵機、土牆等象徵，都用得高妙。

同為出牆的紅杏，曼倩不是淫蕩的潘金蓮；同樣是無用的土牆，才叔也不是遭謀害的武大郎。曼倩得到婚外情，但婚外情的額外事物——婚外「性」——使她懊惱，顯然勝利者並不快樂；天健得到才貌雙全的曼倩，然而這個勝利者卻死於空難。才叔是一般人心目中的「受害者」，但他不知道太太與人有了婚外情，更不知她懷了情夫的孩子；曼倩的婚外情增加了才叔的婚內情——「才叔懶洋洋地看著他夫人還未失去苗條輪廓的後影，眼睛裏含著無限的溫柔和關切」。天健不健，才叔無才，無才無知卻有快樂，這些就如婚外情之禍反變成婚內情之福一樣，都是人生的諷刺，也是人生的喜劇。

—— 寫於 1989 年春

注釋

1　　胡定邦的意見，引自劉紹銘、黃維樑合編《中國現代中短篇小說選》
　　　下冊 (香港：友聯，1987年)，頁606；Gunn的意見，引自他的
　　　Unwelcome Muse: Chinese Literature in Shanghai and Peking 1937–1945
　　　(N.Y.: Columbia University Press, 1980), p. 247。

2　　見夏志清原著、劉紹銘等譯的《中國現代小說史》(香港：友聯，
　　　1979年)，頁379。香港中文大學出版社有全新排印版。

3　　本文所引〈紀念〉的文字，乃根據注1之《中國現代中短篇小說選》
　　　所選的〈紀念〉，這是錢鍾書本人親自修訂過的版本。

4　　可參看拙著《中國文學縱橫論》(台北：東大，1988，2005年) 中〈蘊
　　　藉者與浮慧者 —— 中國現代小說的兩大技巧模式〉一文。

5　　同上。

文化英雄拜會記

　　康拉德去世了，吳爾芙夫人的悼文說：「死亡慣於激發並調準我們的回憶。」這句話是余光中先生引用的，在他那篇悼念朱立民先生的文章〈仲夏夜之噩夢〉中。余先生哀悼這位莎翁專家之逝，心情自然沉痛，《仲夏夜之夢》變為〈仲夏夜之噩夢〉，如此機智一番，也許可以略減傷感的氣氛吧。錢鍾書先生在去年12月19日逝世，至今快一個月。死亡誠然激發並調準我的回憶。人必有一死，錢先生以88高齡去世，他的逝去，如四季之有春、夏、秋，然後有冬，是一個普通的「冬天的故事」。錢先生之喪，簡單到不能再簡單，幾乎不成其為禮。死後兩天，遺體火化，骨灰一撒，就永遠地瀟灑。冬天之逝，使我的記憶又一次調準在多年前仲夏我拜訪錢先生的驚喜。

一　初訪錢鍾書先生

　　1984年8月，我第一次到北京，心血來潮想到要拜訪錢先生。他住在三里河南沙溝。我地址記得不詳，於是向朋友打聽，

問得座數層數等資料。14日上午10時許出發，心想碰碰運氣，晚輩拜訪大師，拍攝幾張照片，留個紀念，滿足凡俗如我的虛榮心。旅途絕不似《圍城》中方鴻漸等人至三閭大學那樣長途跋涉、迂迴曲折，卻也經過一番尋尋覓覓，汗流浹背，才抵達錢宅。不敢大聲叩門，我輕輕小叩，門開處，赫然出現在眼前的，就是錢先生。我馬上自報姓名，錢先生聽後即問：「你是否從香港來的？」我說是，補充道：「唐突造訪，十分抱歉。我只希望向錢先生問安，拍幾張照片，作為紀念，就告辭，不敢多作打擾。」對我這個不速的獨行訪客，錢先生面露笑容，極親切地請我進入錢宅，坐下，和我交談起來。

　　錢先生年輕時被目為「狂生」，現在74歲，名滿天下。他以極其淵博、貫通中外古今、融會文史哲各科著名。他的學問之大，已成為一則傳說。此名也包括「不見客」、「不應酬」之名，「拒人於千里」之名——往往有訪客千里迢迢而來，希望登門造訪，卻被拒諸門外。現在於我面前的，是溫文好客的錢先生，還有錢夫人楊絳女士。她坐在錢先生旁邊，靜靜地聽著我們談話。錢先生問我北京之行如何，住在哪裏。我據實以告。《圍城》裏有一個情節，記述主角方鴻漸與幾位舊雨新知吃飯聊天。一個研究哲學的褚慎明到了歐洲，攀龍附鳳地先用書信恭維羅素，然後拜訪他。此事成為他日後津津向人樂道的難忘經歷。褚慎明在飯局

上敘述此事，以羅素小名Bertie稱這位哲學大師，説見面時「承他瞧得起，請我幫他解答許多問題」。《圍城》用夾敘夾議的全知觀點寫成，錢鍾書充分利用這種敘述法的長處，在褚慎明的話後面加上這樣的按語：「天知道褚慎明沒有吹牛，羅素確問過他什麼時候到英國、有什麼計劃、茶裏要擱幾塊糖這一類非他自己不能解答的問題。」我現在拜訪錢先生，「承他瞧得起，請我幫他解答許多問題」，我以後可以像褚慎明一樣向人吹牛了。誠然，幸好「我幫他解答」的問題不止於上述的「住在哪裏」等幾條。

錢先生問我北京之遊，也詢及香港之友。宋淇（林以亮）先生和錢先生相交，梁錫華先生和錢先生有通訊，都被詢及。美國威斯康辛大學東亞系的倪豪士（William Nienhauser）教授新近訪問過錢先生，也被提及。（如果我記憶無誤，則倪氏指導過一篇博士論文，該文以《圍城》為研究對象，作者是胡定邦Theodore Huters。）錢先生當然也和我談到夏志清先生。夏先生在他的《中國現代小説史》中對錢先生推崇備至，另外又撰文褒揚他的《談藝錄》。1979年4月，錢先生一行人到美國訪問，在哥倫比亞大學與夏先生會面是此行的高潮。錢夏之交外，還有夏黃之交：夏先生對我的鼓勵扶掖。1977年，我的第一本書《中國詩學縱橫論》在台北出版，夏先生為我寫序，序文發表在銷量數一數二的報紙副刊上。我在書中，多處引述錢先生《談藝錄》的觀點。就這樣

「錢—夏—黃」形成了一個老、中、青的三角關係，我理直氣壯地向錢先生附鳳攀龍了。讀過錢先生傳記、軼事的人都知道，在清華大學的時代，吳宓教授曾推許其學生錢鍾書是人中之龍。

錢先生還提到余光中先生。余先生當時是我的前輩同事，寫過不少戀土懷鄉的詩篇。錢先生說《人民日報》刊登了余先生的〈鄉愁〉一詩，肯定了他，使他在國內知名。錢、夏、余三位，都是我極欽佩的前輩。我研究余光中作品有年，更被稱為余學專家。余先生在1970年代曾指導過一篇碩士論文，討論對象是錢鍾書的作品。有了上述種種，三角關係增為四角關係，我與錢先生的談話內容自然更為豐富了。

二　向錢先生「獵獅」與「攀龍」

1980年，我和錢先生開始通訊。事緣劉紹銘教授與我合編《中國現代中短篇小說選》，擬收錄錢先生的〈靈感〉和〈紀念〉兩篇作品，我先寫信給錢先生，徵求他同意。到了1984年夏天，我唐突拜訪錢先生時，我們一直有通信。這次見面之前，他至少曾先後寫過五封信給我。錢先生的《管錐編》在1979年秋冬出版，翌年春天，我據此書論比喻部分加以引申發揮，寫成〈與錢鍾書論比喻〉一文。收此文章的拙著《清通與多姿》曾寄給錢氏請教。

有了以上的淵源和因緣，我如此這般向錢先生「獵獅」(lion-hunting) 與「攀龍」，也就順理成章、理直氣壯了。其實我一向極少向文壇學苑的鉅子名公獵獅、攀龍。雖然淵源如此，我恐怕佔用錢先生太多時間，曾三番兩次說打擾已久，要告辭了，而錢先生屢次說不要緊。外面沒有下雨，主人依然留客。錢宅的書房兼客廳不大，共約有20平方米，佈置簡樸，書不多。錢先生穿著絲質短袖襯衣，架黑色粗邊眼鏡，高額頭，雙目炯炯而溫煦，頭髮白了一半，面色光潤，雖然已經74歲了，卻如五十多不到六十。錢先生通中、英、法、德、意、西班牙和拉丁七種語言，「在七度空間逍遙」(黃國彬語)，非常「淵博與睿智」(柯靈語)。如今我得以親炙這位傳奇式的文學大師，幸何如之，幸何如之。錢先生咳唾珠玉，語調適中，談鋒甚健，向他請益、和他晤談真是一大享受。

我們談到彼此認識的諸友近況，又談到人文科學者的地位。錢氏說在這個科技時代，我們都成了二等公民。他又說目前國內極重視國外學者，在court他們 (奉承他們，向他們獻殷勤)。我心想錢先生大概怕應酬，有時又不得不「奉命」和某些國外名流會面，乃有此牢騷。錢先生年輕時「狂」，晚年「狷」。狷者有所不為，拒見訪客是常事。1980年代後期，錢先生在給我的一封信裏，就說某某外國人求見，而他拒絕。

三 藝術與現實的關係

楊絳女士坐在旁邊聽著，偶然加插一兩句話。錢氏伉儷，真是一對恩愛相親的夫妻啊！我感受著，又想著楊絳女士《幹校六記》中所寫的夫妻生活。我於是問道：「大家都說你們是一對標準恩愛的夫妻，不過您的大作《圍城》所寫的戀愛與婚姻卻不美好，戀愛不浪漫，夫妻常吵架。小說的結局是男女主角大吵一場，女主角離家出走。究竟文學作品怎樣反映作者的經驗？」

錢先生於是大談藝術與現實的關係。藝術往往出諸想像，和作者生平沒有必然的關係。研究文藝的人，不要把作品當作傳記。杜甫咏馬，「所向無空闊，真堪托死生」，李賀詩句「石破天驚逗秋雨」，這些都是想像的馳騁，不必是作者親歷的紀錄。錢先生又引述康德哲學，以及莎劇《馬克佩斯》的評論，進一步說明這個藝術與現實的問題。1979年錢先生訪問美國幾間著名大學，在柏克萊加州大學時，水晶先生就座談會情景寫了一篇〈侍錢拋書雜記〉，描述錢先生旁徵博引、舌粲蓮花的暢談。可惜1984年仲夏拜訪錢先生後，我沒有詳細記下錢先生的講話，否則把紀錄稍加整理，就是一篇談藝的佳作了。近代的中國，在政治經濟文化多方面都落後於西方。錢先生的出現及其成就，向全世界說明中國有這樣一位文化強者、文化超人，實在為民族爭光。

我在美國讀研究院時，對當代學者佛萊（Northrop Frye）的淵博甚為佩服。佛萊影響深遠的《批評的剖析》（*Anatomy of Criticism*）在1957年出版，其聲名最盛的六七十年代，中國大陸正當「文化大革命」。我不知道錢先生讀過佛萊的書沒有。我即管問他對佛萊的看法。錢先生說佛萊還不錯，然而佛萊太注重類型（type），而且只分析歸納作品，不加以評價，是其不足處。我也有這樣的看法，錢先生所說，於我心有戚戚然。他的博學，這又是一例。

四　夫妻二人甚少旅遊何以故

印象中，錢先生伉儷好像多年來沒有「衣錦榮歸」故鄉無錫。我問他何以故。他說夫妻二人都甚少旅遊。如果因公出差，活動都有人安排，失卻自由。如果自己出門，則買票、訂旅館要人幫忙，費時失事。根據我和錢先生交往的經驗，他大概凡事都親力親為。十多年來我們通信，他寫過三十餘封信給我，信箋和信封，都是他的親筆。他寄過幾本書給我，郵包上的地址也都是他自己寫的。後來我讀到錢先生的一則雋語如下。有人問錢先生為什麼不找助手幫忙？錢先生答曰：助手不一定懂幾種語言。而且老年人容易自我中心，對助手往往不當是「手」，而當是「腿」——只是用來跑腿。

略為涉及時局，錢先生數次提到「四人幫」，又說現在的國內社會是社會主義與資本主義相結合，是好事。臨告辭時，楊絳女士問我一個問題：「刁蠻是什麼意思？」我頗感奇怪，略謂這大概是粵語詞彙，有刁鑽、蠻不講理之意。我反問錢夫人為何有此一問。她說曾有人用「刁蠻」來形容錢鍾書。

　　刁蠻也好，狂狷也好，這一個小時，我完全感受不到。錢先生一片溫文敦厚，我小叩而他大鳴，使我喜出望外。我們拍了幾張照片，他還題簽贈我《廣雅疏證》一書。他堅持送我到樓下。我們一起離開錢宅，在樓下又拍了一照。在南沙溝這個高級住宅區的大門口，我和錢先生道別，錢先生步履輕快地回家，我回頭拍了一張他的背影。水晶的〈侍錢拋書雜記〉這樣形容1979年的錢先生：「白皮膚，整齊的白牙，望之儼然四十許人，簡直漂亮齊整得像晚年的梅蘭芳先生。」1984年夏天所見，錢先生依然年輕健朗。我一共見過錢先生兩次，第二次在1994年夏天，即十年後，那時錢先生生病，身體差多了。那年秋天，錢先生住院，而且好像一直住院（也許中間回過家），以至四年後逝世。錢先生多次向人說，包括在給我的一封信中：「衰老即是一病，病可治而老難醫，病或日減而老必日增。」豁達淡泊、睿智通透的錢老，一樣難免於對生老病死的慨嘆。

五　華夏的文化英雄

十多年前那個夏日，我離開錢宅後，乘車到香山飯店喝茶，把與錢先生談話的要點記下來。回到香港後，我寫信給錢先生，說要把晤談內容整理，寫成文章，望他允許。不久即收到他9月6日的來信，向我大潑冷水。他說報刊記者「乍見一人，即急走筆寫成報道，譬之《鏡花緣》中直腸國民，食物才入口，已疾注腸胃，腹雷鳴而下洞泄。豈雅士所屑為哉！」

為了做雅士，我把精神佳餚在腦袋裏咀嚼了十多年，不斷回味其甘香。有人說年輕時的錢鍾書恃才傲物，是一狂生。我接觸到的晚年錢老，即之而溫，非常醇厚。那次晤談時，他對我多所鼓勵；在先後給我的書信中，也常常如此。「文人最喜歡有人死，可以有題目做哀悼的文章。」錢先生在《圍城》中說。他是不會喜歡我現在寫這篇悼念性文字的。悼念錢老之外，還有自我標榜之嫌，錢老可能更會責怪我這樣的後輩。不過，我怎能抹去對錢老的回憶？當時錢先生風華仍茂，我得睹「文化崑崙」，親炙一位證明「東海西海，心理攸同」的大學者，自應把音容言談記述下來，為「錢學」增加一篇文獻。

余光中先生為文悼念朱立民先生，對著他年輕時的照片發怔，他「身影修頎，風神俊雅，……有一種逍遙不羈的帥氣」。余

先生跟著問：「為什麼如此昂藏的英挺，要永遠冷卻而橫陳了呢？」余先生這次是明知故問了。人怎能不是這樣呢？十多年前的錢先生，風神俊雅，我得以晤見，真有杜子美「干氣象」的興奮與自豪。錢先生在生時，已是一則傳說，現在作古，他將成為一位華夏的文化英雄 (culture hero)，成為一則神話了，在崑崙山上。

—— 寫於 1999 年 1 月 16 日

錢鍾書婉拒榮譽文學博士學位

「不知道你老遠從香港來到北京，這樣，就勞駕你來舍下吧！」錢鍾書先生在電話中說。我聽後大喜，立刻離開酒店，「打的」直奔錢府。北京三里河南沙溝第幾棟第幾門第幾號，這個地址我早已記熟了。

這次專程來京，懷有重要的任務，但這個任務完成的機會不大，幾乎是個mission impossible。我抱著試一試的態度，心情與北京夏天悶熱的天氣一樣，頗為不安。我的任務是：親自拜訪錢鍾書先生，呈上香港中文大學校長高錕教授的函件，向錢老表示，請他同意接受中大頒予他榮譽文學博士學位。半個世紀之前，英國的牛津大學要禮聘錢老——那時他是「錢少」——當教授，香港大學和台灣大學也都要請他當教授，錢先生都婉拒了。1979年春天，錢先生訪問美國，所到之處，談文說藝，英語法語德語意語等等，當然還有漢語，一個人「七嘴八舌」並用，舌粲蓮花，中西打通，古今博引，把一群群的碩士生博士生助理教授副教授正教授講座教授都聽呆了，自此錢鍾書成為西方漢學界爭相談論的一個學術文化傳奇，加上夏志清《中國現代小說史》一書早

已對錢先生及其《圍城》經典化、謚聖化，拜金崇錢（錢、鍾二字都從金）、向錢看的人愈來愈多了。據說在八九十年代，美國東岸西岸的若干名校，都想聘請錢老擔任客座教授，或授予榮譽學位，錢先生都沒有接受，而拒絕的理由之一，是人老了，不想跑江湖了。錢老人在北京。哈哈，這是身在魏闕，心不存江湖。錢老是山，坐鎮在北京，不為風雨風雲風光所動。

舉世滔滔，非為名則為利，例外者只有聖人吧。錢老極為淡泊名利，這已是文壇學院中人的共同認知。曾有人出高價請他接受訪問，拍攝電視專輯。錢可通錢（沒有寫錯字，是「通錢」，不是「通神」），不是嗎？錢老不為所惑，說：「錢？我已姓了一輩子的錢了！」不過，向錢看的人，仍然希望他會破例。何必曰利？利太俗了，名應該是雅一點的。榮譽學位涉及的只是榮名。

我專程赴京之前，校方曾致電錢老，說明「擬奉學位敬祈笑納」之意。錢老婉拒之。校方見拒，但未氣餒。校方知道我尊敬錢老，且認識他，於是高校長囑我帶著函件，親趨錢府拜訪致意，這樣或許會打動他。我自知赴京之事，很可能有辱校長之命。我並無如簧之舌，即使有，原則性極強的錢老，不需三言兩語，就可使我語塞而耳赤了。成功的機會甚微，但我仍願一試。萬一成功了，錢老蒞臨香港，領受榮譽學位之餘，登壇講學，那豈非學術文化界的頭等大事？

錢鍾書留學歐洲歸國後，四五十年間，只去過意大利、美國和日本；以及台灣——那是1948年，此事知之者甚少，台灣的林耀椿先生對此有詳盡的考證。錢先生是來過香港的，但只是在1938年從歐洲回國時路過而已。如果《圍城》主角方鴻漸在香港的勾留能折射作者的心情，那麼，香港的那段旅程，並不愉快。如果錢老答應蒞港接受榮譽學位，他來時應在該年也就是1994年的金秋十月。是1994，不是陰森可怖的《一九八四》，也不是1997金融風暴後金光不閃的愁鬱歲月。1994是金色的，香港的金融興旺，香港中文大學所在地吐露港濱的金秋華美，與吐露港濱有因緣的宋淇、余光中、梁錫華、黃國彬、潘銘燊等等，又都向錢看，甚至是錢迷，而且香港還有眾多的《圍城》愛好者和《管錐編》高山仰止者，錢老如駕臨，必將是香港學術文化界的一大榮幸。

　　1994年6月的一天，我到北京，入住酒店後，即致電錢府，接電話的是錢夫人楊絳女士，交談了幾句，我的美麗新世界般的想像馬上被解構了。楊絳女士這位《稱心如意》的作者，使我失望失意，但這又似乎是意料中事。楊女士說：錢先生已婉拒過類似的榮譽多次，包括美國某某大學的。錢先生不想破例，況且，他身體不好。他需要休息，不便接待人客了。楊女士這樣說，那我連趨府拜謁的機會都沒有了。二三千公里迢迢，夏日三十多度高

溫炎炎，我與錢老緣慳一面，而且連電話上的談話也免了，心情何其悵悵。

回想十年前的夏天，我不請而至，直闖錢府，蒙錢先生接見，把上午談成為中午，才依依告別，我怎能沒有今昔之比呢？近年聞說錢老身體欠佳，一定傳言屬實了。也許，錢老不見客，與錢夫人悉力護夫有關。楊女士有短文曰〈錢鍾書手不釋卷〉，說她「遵奉大夫囑咐，為他謝客謝事，努力做『攔路狗』，討得不少人的嫌厭，自己心上還直抱歉」。錢氏伉儷同心，而且同調，攔路狗云云，應是夫唱婦隨，錢夫人步趨了錢老的幽默與自嘲。

錢先生在學生時期已被譽為人中之龍。我這次不能登龍門，不能攀龍，自然戚戚快快，對北京的鬱悶天氣也怨起來了。算了，就乘坐港龍班機回港吧。總覺心有不甘，翌日，我又撥了一次錢府的電話，碰碰運氣，如能與錢老通話，那可能有轉機呢，至少算是盡了努力。撥電話之前，我不無猶豫，因為恐怕這樣會使錢老二人耳根不得清淨。在錢老還是「錢少」時期，他的小說《圍城》就寫道：「他在家時休想耳根清淨。他常聽到心煩，以為他那未婚妻就給這電話的『盜魂鈴』送了性命。」余光中先生對電話之煩人擾人，有同感焉，曾有妙文〈催魂鈴〉夸夸而談論之。

按了號碼，接通了電話，接聽者是錢老。我簡略地道明來意，又說早一天曾與楊女士通了電話，跟著就是錢老的話：「不

知道你老遠從香港來到北京，這樣，就勞駕你來舍下吧！」我大喜，告訴錢老馬上就來。我想起《圍城》主角方鴻漸的大名。鴻漸者，鴻漸于干，鴻運將至、鴻鵠將至？

「打的」到了三里河南沙溝，6月中旬空氣素質欠佳的北京街道，彷彿飄起一陣頗為宜人的清風，我還好像嗅到南沙溝住宅小區白色茉莉花叢散發的一股芬芳。1984年，北京城小餐廳的桌子鋪的是一張張又黃又油的塑料桌布，尋尋覓覓，呼叫不到出租車。現在酒家餐廳都收拾得乾乾淨淨，麥當勞肯德基舉頭即是，而從北京機場走四環路到北京大學，不到三十分鐘車程，「的士」一「打」就有。1984年，錢老74歲，穿著白色絲質短袖襯衣，望之五十許人，在住宅小區裏健步如飛。現在，十年之後，……

我按著地址，像1984年一樣，到了錢宅門口。那一年，唐突、不速之客，未經預約就來了，在錢府門口按了電鈴。現在，我在錢府門口按了電鈴。那一年，來開門的是——那麼巧，就是——錢鍾書先生，上面說的望之五十許人的錢先生。現在，現在來開門的，是錢夫人。楊絳女士迎我入室。客廳是十年前的客廳，水泥地板，書桌、書架、椅子和茶几，一切依舊，樸素而清爽，而楊女士呢？十年的光陰，在她的身體上、面孔上，增加了年輪與年紋。1984年的夏天，是年輕的夏天。現在，楊女士說：錢先生身體不好，在一個房間裏休息；她自己也不行，心臟

有毛病。我呈奉高錕校長的信，以及我自己準備的小小禮物，懇切地表示希望錢老同意接受學位，這將是學校的榮耀，也是香港的榮耀。我懇切陳辭，而楊女士堅決辭謝。我知道任務完成不了，轉而想談一些別的。1984年錢老一談就是個把小時，楊女士也坐在旁邊一直聽著，現在她說遵從醫生吩咐，要盡量休息。

我想我得告辭了，但錢老呢？他是知道我來的。而且，1984年初見，現在正好十年後，十年一面是整數，特別有意思。楊女士有點不由分說把我送到門口，我在過道看見一個房間裏，椅上坐著人，那一定是錢老了。我該不該進去和他打個招呼呢？一代以至一世紀的文學宗師、文化崑崙，小說和雜文中對世人挖苦諷刺不遺餘力、現實中對後生晚輩鼓勵獎掖也不遺餘力的錢老，84歲了，我該不該進去和他再見一面呢？

錢老是豁達的，但是他說「衰老即是一病，病可治而老難醫，病或日減而老必日增」。錢老已老，十年就老病了這麼多？錢老幾乎不出門，幾乎不參加活動（後來看了楊女士寫的書《我們仨》，2003年7月三聯書店出版，就更清楚了），但訪客多，來信多。「不好詣人憎客過，太忙作答畏書來。」錢老不免有這樣的牢騷。原來書信是會催人老的，這樣，我就更應該回頭再見一面，並向他致歉的。我戀戀不捨將要離開錢府，探頭到房間裏說了聲好，而這時楊女士已為我開了門，我只得說一聲謝謝和再見。

回到香港後，我收到錢老寄來的信，內容如下：

維樑博士大鑒：弟暑蒸夜不成眠，老病之軀，愈覺躁悶，畏客如虎。不意大駕遠臨，遂未迎晤。事後知之，疚歉無已。貴校錫以殊榮，二月前早由有關方面長途電話通知，弟一向於此類，皆自覺有愧，當即堅決辭卻。以為已可作罷。不意高校長復委兄親臨勸誘，愈覺「罪孽彌重」，但概老頭兒不識抬舉，仍乞收留成命。"God says 'So so' but the Devil (The Spirit that denies, says Goethe's Mephistopheles of himself) says 'No, no!'" 一笑。已專函高校長，並力疾作書，向兄謝無禮不見之罪。書不成字，即頌儷安

厚貺佳荓名筆謝謝！

弟鍾書拜上

六月十五日

楊絳問候

在香港冷氣開放的辦公室，讀到「暑蒸，夜不成眠」一句，甚為詫異。北京冬寒夏熱，眾所周知。1984年第一次訪京，賓館沒有冷氣，我赤條條對著電風扇，吹來的是比魯迅「熱風」更甚的蒸氣風。翌日讀報，乃知道當天氣溫高達三十七度，天人合一，大

氣與人體同溫同熱。幾天後魯莽拜訪錢老，氣溫稍降，不過仍然熱力逼人。當時在錢府躬聆錢老談文說藝，如沐春風，真的不感到炎熱。當時凝神恭聽，我來不及細心觀察錢家的家庭電器有哪些了。十年後重登錢府，我懇切陳情，而楊絳女士不能久留客人，我心難旁騖，更注意不到錢家的「家電」設施。1984年內地改革開放才幾年，冷氣機（內地叫「空調」）不是熱門家電。到了1994年，十年中經濟建設豐碩，冰箱電話空調彩電等等家電，中等人家戶戶都有，錢府應不例外才對啊！

　　錢老應是怕熱的人，而且敏銳地注意到別人怎樣怕熱。年輕時的「錢少」，夏天和父親錢基博在院子裏讀書、背詩，是赤著上身的。《圍城》一開始，就是夏日海上船艙的人「一身膩汗地醒來」，海風含著燥熱，胖人身體「蒙上一層汗結的鹽霜」。後來寫曹元朗、蘇文紈結婚，新郎「忙得滿頭是汗，我看他帶的白硬領圈，給汗浸得又黃又軟。我只怕他整個胖身體全化在汗裏，像洋蠟燭化成一攤油」。二十世紀三十年代曹、蘇結婚時禮堂已有冷氣，難道九十年代北京的錢府竟然沒有空調。海爾、康佳、格力、美的、春蘭各種空調品牌在家電店鋪競爭客戶，難道爭取不到（我認為）怕熱的錢老？還是錢老患有哮喘，冷氣對他不宜？暑蒸而錢老不能消暑，此事令人困惑，應該是「錢學」一件小小的公案。錢老此函所寫日期是6月15日，但信封的郵戳分明是6月14

日，難道熱浪襲人，老人家一時熱昏而寫錯了。

錢老給我的信，先後有三十封左右，十九用毛筆書寫，而此封用鋼筆，且筆力顯然遜於從前，塗改也多，唉，寶筆老矣。看到「力疾作書」四字，我不安非常。不過，喜的是錢老風格依舊，仍然用典且自嘲。他引了歌德《浮士德》的典故，並把自己説成魔鬼 (The Devil)。錢老力疾作書，在給我寫信之前已專函致高校長。我回港後向高校長報告錢老婉辭事，他理解並尊重之。高錕教授是光纖 (optical fibre) 之父，1999年一本著名雜誌選出「二十世紀亞洲最有影響的五位人物」，高校長與鄧小平、甘地、黑澤明和松下電器創辦人 (我一時記不起其名字) 同時當選。高教授是風範可佩的科學家，他自然不以錢老為忤。

錢老的書信，我一直珍藏著。1998年12月19日錢老久病逝世，在其前後，報導錢老消息的文字很多。錢老是在94年夏天入院治病的，而且入院後就再也沒有回家，沒有下病床。他入院是在94年的何月何日？楊絳女士的《我們仨》是記敘他們一家最權威的文字，她只説：「鍾書於一九九四年夏住進醫院。」哪一天呢？我又翻查多種資料，何暉等編的《一寸千思：憶錢鍾書先生》，其所附年表説錢老於7月住院，然則6月中旬這封信，可能是錢老入院前最後一批揮寫的文字中的一篇了。

力疾作書。錢老不接受採訪，不拍特輯，生命中最後的二十

年，不出門外遊，社交活動減至最少。錢老諱鍾書，字默存。他默默地存在，一生鍾意鍾愛於書，讀書破萬卷，《管錐編》所引書多至數千種；他所寫的書信，應該在千函萬箋之數，鍾書也是鍾愛寫書信之意。6月中旬這一婉拒函，應該屬於同類「不識抬舉」書函中的最後一批，甚至是最後一封。錢老「不識抬舉」而學術界文化界把他標舉到與崑崙同高。這是一生鍾書者的超然成就。

【附記】近日重閱珍藏的錢老書信，並追記此事。此事距今已九年，錢老逝世已四年多，我離開吐露港濱的校園也已兩年多了。接受榮譽文學博士學位，本為俗世中的雅事，如銅臭社會中書香飄送，如紅塵鬧市裏綠樹怡神，只要領受者名實相副就行了。錢老與眾不同，他「愈隱而聲名愈顯」(關國煊語，見其《一寸千思》中文章)。

—— 寫於 2003 年 7 月

錢鍾書「改變」了東方和西方文學
——無錫「錢鍾書紀念館」參觀記

　　5月的無錫之行，不是為了欣賞太湖的春色，而是參觀泰斗的故居。一千年前蘇東坡貶居廣東惠州，當地人曰：「一自坡公謫南海，天下不敢小惠州。」惠州的東坡紀念館，至今是文化人必遊的景點，它使惠州比鄰近的南方富裕大城深圳更具文化。無錫自古多名人，而無錫有錢，在我看來，它的聲價大增。這個錢是錢鍾書。到無錫之前，我們向當地旅遊局和文化局打聽過，錢鍾書紀念館已落成開放了。它位於學前街，其附近有薛福成故居。

　　按著無錫市區地圖而索居，不得其門。問學前街頭的行人，行人或說不知，或舉手一指，說就在不遠某街巷。不知道的人佔大多數，順手指點的則所示不具體、不詳明。在學前街上，文君和我像學前的童蒙一樣，茫然失所。5月9日，天氣和暖以至有點熱了，昏昏然我想起十多年前在倫敦市郊尋覓英國詩人濟慈的故居。大街小巷上問人不下五、六次，而那些現實的英國百姓，不知道百多年前浪漫詩人的故宅。江山不空，故宅應在，而文藻無人知道。儲君查理斯王子在八十年代曾批評英國年輕一代不讀

莎士比亞。連莎翁都不讀或少讀，遑論非國寶級的濟慈了。

如今在無錫尋覓錢翁故居，是國寶級學者作家的舊宅，而茫然無所得，我仍舊感到難過。薛福成故居赫然出現，錢翁舊館在哪裏呢？文君舉目看見中國農業銀行的招牌，要知道錢宅所在，向錢問吧。但管錢的人，也不知道錢宅在何方。錢翁的故居既新闢成為景點，為什麼故居附近沒有豎掛若干指示牌呢？在學前街上來回往復，小巷進進出出，終於在一名為睦親坊巷的深處，給我們找到了。小巷深藏著一座平房，「錢鍾書故居」的牌匾鏖然可見。

踏進門口，迎人的是錢先生的頭胸銅像。像頂是「錢鍾書紀念館」五個毛筆字匾額，啊，是人瑞顧毓琇老先生寫的，筆力尚勁。像後則為一株槐樹的木刻長板，樹側是錢老喜歡的詩句「枯槐聚蟻無多地，秋水蛙鳴自一天」，意思謙遜自適，是為錢老寫照。再進去，是一天井，然後就是正堂「繩武堂」。此堂為錢鍾書祖父建置，有國畫、對聯、宮燈裝飾其間，堂不大而有清雅之氣，具現詩禮家風。介紹紀念館的摺頁說：「錢鍾書在這裏度過了童年、少年、青年時期，繩武堂敦厚質樸競志奮進的門風，都在他心裏留下不可磨滅的印象。」繩武堂的後面及其左右，有錢鍾書的臥室兼書房，以及五六個展室。

展室展覽的是錢鍾書楊絳伉儷的生活照片、錢老手跡，以及

附加的文字說明。電視連續劇《圍城》的劇照也是重點展覽材料。據紀念館工作人員說，此館是新建的（已落成大概一年吧），看來一切陳列的物件，眉清目秀，稱得上淨雅。然而，使我們驚訝惋惜的是書香不濃郁。館內存放的錢氏著作不齊全。學術界研究錢氏作品生平的資料，已因「錢學」日顯而日多，可充架以至充棟了，然而館內這類資料極少。鍾書先生一生鍾愛書籍，且鍾愛書信，館內陳列的書籍已少，書信更寥，而且連一件真跡也沒有。雖說錢先生自青年時期赴北京讀大學後，迄於逝世，極少回無錫錢家，但是既然名為紀念館，對錢老一生文物的展示，怎能如此寒愴，甚至慘白？

不說整個神州大地，只說神州南端的蕞爾香島，就已飄逸著鍾書先生的陣陣書香。其《圍城》、《談藝錄》、《也是集》等書，香港就有數不清的翻版盜版正版。潘耀明1981年4月在北京訪問錢老，記錄成文，在香港發表，是八十年代初期報導錢老近況的重要文獻。潘氏收藏了錢老的信件；潘氏的《當代中國作家風貌》一書，書名是錢老題寫的。香港多的是向錢看的人，陳耀南、潘銘燊和筆者等等，都有錢老的墨寶。無錫市要建立錢鍾書紀念館，為什麼不向有關人士徵集各種文獻？國內有的是錢學專家。

紀念館工作人員說，楊絳女士在建館前後，沒有來過無錫。這當然，因為不論從陸地來或者從空中降，楊絳女士體力已難支

持了。錢老去世時，她年已八十七。何況，她秉承錢老的精神與心願，是連建館也不會同意的。對研究錢鍾書的人的熱心、對開會研討錢鍾書的人的熱情，錢老一律潑以冷水。曾有大學要為錢基博先生百歲誕辰舉辦紀念會，錢鍾書覆信大學的友人說：「比來紀念會之風大起，請帖徵文，弟概置不理。今年無錫為先叔父舉行紀念會，弟聲明不參預。三不朽自有德、言、功業在，初無待於招邀不三不四之閑人，談講不痛不癢之廢話，花費不明不白之冤錢也。」這真是錢老的「六不主義」！對建館之事，我想楊女士當年一定不聞不問，不提供任何支援。然而，籌建紀念館諸公，只要登報一呼，則關於錢老的書籍書信種種文獻文物，必定從意大利、日本、美國、香港、台灣、北京、上海、雲南、黑龍江等等五洲三洋大江南北源源而至紛紛而來。

鍾書先生的讀者，當然要細看紀念館內的文字書寫。一看，好像打開了潘朵拉的盒子，問題來了。錢老譽滿學術界、漢學界，中外對之好評極眾。紀念館的展板上，摘錄一些評語，是好事。然而，被摘錄言論的鄭朝宗、夏志清、Jonathan Spence、唐弢、荒井健五人中，有兩位的名稱出了毛病。展板上，Jonathan Spence譯為喬納塞‧斯本斯，不妥。不妥之一為：Jonathan Spence一般譯為「喬納森」，而非「喬納塞」。不妥之二為：即使譯為「喬納森‧斯本斯」，也有不敬之處。這位學者是研究中國歷史的，

對「通古今之變」「究天人之際」的司馬遷十分景仰，因此把自己的名字漢化地雅譯為「史景遷」。展板的文字，應該從之。「史景遷」在西方漢學界，已和費正清 (John Fairbank)、宇文所安 (Stephen Owen)、葛浩文 (Howard Goldblatt) 那樣為人所知了。

另一個更大的毛病與夏志清有關。夏教授是錢老的知音，他的《中國現代小說史》(*A History of Modern Chinese Fiction*) 專章評論錢鍾書的小說，力言《圍城》的傑出成就。他和鄭朝宗教授一樣，是「錢學」的奠基者，其評論自應摘錄。展板上摘引的夏氏文句，有一小小的遺漏。而把夏志清介紹為「哈佛大學教授」，則是不可饒恕的錯誤。夏志清先生拿的是耶魯大學的博士，在哥倫比亞大學教了數十年的書，其論著或在耶大或在哥大出版社出版，怎會把他列為哈佛教授呢？錢老1979年訪問美國，在哥倫比亞大學與夏公會晤，夏公有〈重會錢鍾書紀實〉一文為記。只要略為翻查資料，就可得到正確情報，唉！錢老聰穎過人、才華橫溢，而且，勤奮用功、治學嚴謹，如果知道展出的資料有這麼多錯漏，他怎能瞑目？

最大的毛病出在館內棕色板上白色字的錢老評介。數百字題為 "The Well Known scholar, Writer Mr. Chien Chung-shu" 的英文短文，從題目差錯到末句，令人不忍讀、不忍睹。

錢老是「學者作家」這說法是對的，但這兩個詞的英文組合，

應該是 Scholar-writer 而不是上引的 scholar, Writer。這裏的標點錯了，大小字母的寫法也錯了。錢老誠然是著名學者作家，但著名 (Well Known) 的說法太普通了，不如不用；要加以形容的話，措辭就要和錢老的文化高度相稱才行。題目中 (內文也如此) Chien Chung-shu 即錢鍾書的拼音不倫不類，且不合國情。錢鍾書可拼音為 Ch'ien Chung-shu —— 注意首字 Ch 後那一撇，這是根據 Wade-Giles 的拼音法，夏公《中國現代小說史》用之，茅國權等譯《圍城》英譯本用之。雖小撇，必有可觀者焉；少了它，錢鍾書可能變成簡鍾書或者剪錢書 (如果不是煎錢書或者濺鍾書的話)。即使用了 Ch'ien Chung-shu，還是不對，不合國情也。內地向來用漢語拼音，錢鍾書就是 Qian Zhongshu。拼寫中有 Q 有 Z，而且名字兩個字的拼寫是連在一起的，中間沒有那一短橫畫，這是連內地的小學生也知道的。大學者的姓名，竟然被這樣亂為拼湊。評介的內文提到錢氏父親錢基博，用的是漢語拼音。這對了；然而，姓與名三個字寫成 Qianjibo，變為連體人，又錯了。

　　或用詞不當，或語法不通，這篇評介文字，差錯迭出，是語文教學的最佳反面材料之一。錢老在小說《圍城》裏已慨嘆批改學生作文，是痛苦的事。難道紀念館的主事者，不讓錢老安息，要請他從九天上或九泉下回到無錫市學前街，把這篇文字痛加批改一番嗎？執筆者說錢先生是 "a treasure of the state"。State 字不妥，

因為此字的政治意味重，錢老並非政治人物，即使是，也應改為 nation。State 和 nation 都可中譯為國家，但其含義不同。執筆者又説錢老是 "the son of the Tai Hu Lake"。難道以太湖之大，她只得錢鍾書這個令太湖自豪的子民嗎？這裏的冠詞 the 錯了。

執筆者把錢老的《談藝錄》譯為 "On Arts"，意思為「論藝術」；他一定不大清楚《談藝錄》的內容為何。執筆者把《管錐編》譯作 "An edit of Guan Zhui"，初看時，我吃一驚，哪裏來的《管錐的命令》(edict = 命令) 呢？咦，又似是《嗜管錐成癮的人》(addict = 上癮者；edict 與 addict 都與 edit 形近，前者尤然)！我懷疑自己的近視或老花度數又增加了。把《管錐編》譯成 "An edit of Guan Zhui"，與錢老小説中故意把 T. S. Eliot 譯成「愛利惡德」，和把美國小説 *Gone with the Wind* 譯成《中風狂走》，數者不屬同一範疇，而其「可圈可點」則一。

評介中差錯失誤之多，我敢打賭，一定會使「咬嚼派」痛牙壞牙。咬嚼派是新興的文化名詞。金文明咬文嚼字，指出余秋雨筆下的失誤，寫成《石破天驚逗秋雨 —— 余秋雨散文文史差錯百例考辨》一書 (書海出版社，2003 年 7 月初版)，咬嚼派一詞大抵起源於此。閒話表過。評介文字的差錯，我還是要再舉出一個，哪怕我的牙齒會痛會壞，我的飯會噴出來！

執筆者説錢老在 "the transformation of eastern and western

literature"方面，取得最大的成功。我的天，這真是變天了，錢老改變、改革了東方和西方（Eastern and Western）的文學！被譽為「文化崑崙」的錢老，不掛比較文學家的招牌，但對中西比較文學研究有卓越的貢獻，這是學術界的共識。然而，錢老即使立於東方的崑崙山頂，仿效西方莎翁《暴風雨》那位普魯斯伯勞（Prospero）呼風喚雨，他（或祂）改變得了《詩經》以來荷馬以來的東西方文學嗎？奧維德寫成了長詩《變形記》（*Metamorphosis*），艾略特改變了文學史對約翰‧鄧恩（John Donne）的評價，然而，誰能改變東方和西方的文學？錢鍾書紀念館在學前街上，執筆者的文學文化知識難道也在「學前」？

　　國內英語大熱，留美留英學生的「海歸派」又人多勢眾。國內豈無英語修養精湛的人，國內機構豈無經濟能力聘請母語為英語的高手撰寫、修飾文章？杭州重建的雷峰塔的展覽廳，其英文說明就甚為清通；中央電視台第九套舉辦的英語演講比賽中，去年復旦大學那個參賽女生的表現特別教人喝采。而錢鍾書紀念館這樣的英文，怎能擺出來呢？如果這館是九十年代某個無錫有錢暴發戶捐資興建的家族紀念館，則其英文再拙劣，我會搖頭一嘆後說，由它去吧。然而，這是精通中英文兼通法德西意拉丁文的語言大師錢鍾書的紀念館啊！國內的大城小鎮，近年建設文化、提高品味的呼聲四處響起，中國加入WTO後，外國友人來到無

錫，向大師朝聖，他們看到這樣的外文，對國寶級學者所受到的學前級待遇，將有何感想？

5月上旬，我們駕著「神龍」來去無錫市，且馳騁於神州大地六千公里。它是中外合資而國產的房車，性能良佳。我們在國內，也希望見到的中文、外文，是良佳的語文。錢老是改變不了東方文學、西方文學的，現在連他故鄉的語文也批改不了。請改變、改善紀念館的語文吧，為了錢老的在天之靈。

—— 寫於 2003 年 7 月

楊絳就是鍾書

105歲的楊絳女士在凡間留下她的劇本《稱心如意》、《弄假成真》，長篇小說《洗澡》，散文集《幹校六記》、《我們仨》、翻譯作品《堂吉訶德》等等，到天上去了。她說是「回家」，和女兒與丈夫團聚。丈夫錢鍾書等了十八年，等到了，一定喜極而泣，歡迎他所稱的「最才的女、最賢的妻」。母語漢語之外，楊絳通曉英語、法語、西班牙語，著譯豐厚，廣受好評；102歲時出版的八卷《楊絳文集》，凡250萬言。褒語「最才的女」或許有點誇張，「最賢的妻」或許感情用事，但出於學識淵博、人品端正的錢鍾書的金口（錢鍾二字都從金），其含金量自然極高。我是錢鍾書、楊絳作品的讀者，和二位又有兩面之緣，這裏試說這位「最賢的妻」與其丈夫的一些事情。

一　包裹金和玉的一方絲巾

楊絳是個溫文柔順的妻子，這是1984年我在錢家所得的印象。這一年夏天，我拜訪錢老，十多年後寫了〈文化英雄拜會記〉

一文記述其事，該文已寫的，這裏不重複。我靜聽錢先生講話，他咳唾珠玉，語調適中，談鋒甚健，向他請益、和他晤談真是一大樂事。而錢夫人呢，她端坐在錢夫子旁邊，神情嫻怡，時露笑容，靜靜地聽我們兩人講話，偶然加插一言片語。楊女士個子不高，皮膚白晰，穿著淺色短袖襯衫。她為我們倒茶，還在我要求下，為錢老與我拍照。這次拜訪錢老是即興而為，事先沒有做功課，事後才知道楊絳翻譯的傑構《堂吉訶德》已經出版了幾年。文學大師錢夫子固然顯得親切平易，錢夫人也絲毫沒有翻譯大家的「風範」，而像是普通百姓裏一個夫唱婦隨的柔順妻子。

三里河南沙溝的錢寓，我當日所見，其客廳兼書房清爽簡樸，面積大概是20平方米。錢氏夫婦1977年遷入，這大概是他們數十年北京居最好的房子了。錢鍾書生於1910年，楊絳生於1911年，女兒錢瑗生於1937年；一家的生活有時舒適安逸，有時遷徙流離過著苦日子。歪曲悖謬的文革時期，一家人都受折騰、受委屈：「牛鬼蛇神」錢鍾書被剃十字頭；同名號的楊絳被剃陰陽頭，還被罰清潔廁所，所翻譯的《堂吉訶德》巨叠稿件被抄掉（後來力爭力救才取回）；女婿被誣告憤而自殺。一家人一生中病痛也多：楊絳切除過腺瘤，又有目疾，得過冠心病；錢鍾書的哮喘病經常發作，又切除過一個腎臟、三個膀胱腫瘤；有一年冬天，夫婦二人煤氣中毒，幸無恙；錢瑗於1997年、錢鍾書於

1998年先後因為癌症去世。1970年代初期錢氏住所由於「革命男女」遷入，即所謂「摻沙子」，更引發頗為嚴重的衝突。生活的磨難如此，而三口之家相親相愛地過日子。1977年遷入新居之後，漸漸地年紀老邁、身體病弱不說，錢氏夫婦過的應是最安適的日子了。

　　讀楊絳寫的散文，我們看到這位嬌小的女性，一生勤奮從事文學的創作、翻譯和研究。她與錢鍾書一樣地愛書、寫書，而且家務雜務樣樣做得利落。文革期間，錢楊先後下放到幹校，丈夫的行裝，都由楊絳打點。丈夫生病，楊絳悉心照顧。1994至1998年丈夫長期住院，楊絳日日陪伴。五四以來的文學名家，如魯迅、胡適、徐志摩、郁達夫等等，婚姻少有從一而終的。沒有與元配離婚的胡適，有諸多緋聞。推崇錢鍾書至力的夏志清，本人頗為「花心」，夏太太在夏氏辭世後且為文大爆「內幕」。論者稱譽錢楊的結合，為理想婚姻的典範；錢之於楊，錢鍾書同意這個說法：「在遇到她以前，我從未想過結婚的事；和她在一起這麼多年，從未後悔過娶她做妻子；也從未想過娶別的女人。」文革時期有一段歲月，年逾60的夫婦二人在同一幹校，分屬兩個單位，錢鍾書負責派送信件，楊絳負責種菜，二人盡量找機會相聚。楊絳著名的《幹校六記》有這樣的描述：「這樣，我們老夫婦就經常可在菜園相會，遠勝於舊小說戲劇裏後花園私相約會的情人了。」

情人也好，夫妻也好，通常難免會有吵架。錢鍾書《圍城》的最後一章，寫的是男女主角大大小小的六次吵架。夏志清的《中國現代小說史》英文原著，把最後一章末尾的大吵架全部翻譯出來，佔了10頁的篇幅，並加以評論。這在中外各種文學史著述中，論引述原文篇幅之巨大，應該是個記錄。錢楊的婚姻生涯裏，從新婚到紙婚到銀婚到珍珠婚到金婚到「後金婚」（從二人結婚到錢氏去世前後共63年），有沒有吵過架，我們自然不得而知；就我所看過的種種文本而言，錢楊二人真正稱得上一見鍾情，然後「執子之手，與子偕老」，而且是琴瑟和諧、鸞鳳和鳴。錢鍾書的頭二字都從金，絳字從絲；看來楊絳像一方絲巾，柔柔地包裹保護著金貴的錢鍾書。女兒錢瑗的瑗字從玉，母親之於女兒，則是楊絳這柔柔絲巾包裹保護著如玉的錢瑗。一家三口的天倫和樂，楊絳寫的《我們仨》有讓人悅讀的描述。

二　堅韌堅貞如黃楊木

魔術師一聲變，一方絲巾馬上成為一塊木板。楊絳絲巾一樣的絳，不必念口訣，就可變為質地堅韌的黃楊木：她堅強地過日子，堅強地維護自己、維護女兒、維護丈夫。文革期間，夫妻二人都變成「牛鬼蛇神」，楊絳且被剃陰陽頭，她頂著屈辱度過難

關；她為自己為丈夫辯誣；幹校之後回到北京老家，「革命女子」羞辱女兒，打她耳光；嬌小的楊絳不甘女兒受辱而還手，結果打起架來；錢鍾書為了護妻，也加入打鬥。此事楊絳有文章為記，但自稱「不光彩」，「不願回味」。

錢護妻，楊更時時以護夫為己任。這位丈夫的守護天使（所謂 guarding angel），任務之一是保護夫子的寶貴時間不被蠶食。1980 年代開始，錢鍾書的聲名愈來愈顯著，文學大師以至文化崑崙之稱，響遍海內外；誠心求見或攀龍附鳳的人極眾，邀請他講學或演講的學術文化機構甚多。夫妻二人同心，或在書信中，或在電話裏，盡量擋拒。非不得已，錢老連求見的外國漢學家都婉拒。他曾半開玩笑地寫道：「你覺得雞蛋好吃就是了，何必一定要見那隻下蛋的母雞呢？」對於各式各樣的文學社交活動，二人也避之唯恐不及。尺陰寸陰，都盡量用於讀書、寫書。

1984 年那一次，我唐突造訪，楊絳沒法阻擋。十年後我預約拜訪錢老，這位守護天使嚴格把關，以一當四，四大天王一樣地護法。話說 1994 年初，香港中文大學決定要頒授榮譽文學博士給錢鍾書先生；校方致電錢氏，請他接受，卻被婉拒了。後來校方知道我與錢氏認識，有來往，於是委派我手持校長親筆簽名的信件，專程到北京錢府拜訪，希望他改變心意，接受榮譽。6 月中旬我奉命到了北京，致電錢府。接電話的是楊絳，遭她婉轉拒

絕；且說錢先生身體不適，不會見面。由香港飛到北京，迢迢三千公里路雲和月，我有辱校長之命（校長是15年後榮獲諾貝爾物理獎的科學家高錕），心裏難過，翌日再至錢寓。來應門的不是10年前的錢老，而是錢夫人。一番說明之後，她勉強地讓我走進客廳。客廳的陳設佈置依舊，而人情已非。黃楊木一般堅韌堅貞的楊女士，重複早一天電話中的話，說已婉拒過國內外多所大學的種種榮譽與邀請，不好破例。我留下校長的函信，告辭之前要求與錢老一晤，錢夫人不允許。不過，我從客廳走向門口，卻看到一個房間裏錢老坐著搖椅，大概在休息。我驚鴻一瞥，向他點頭致意，悵悵然離開。錢老的確體弱。我求見不遂，一個半月後，錢老因病住院，一入醫院深似海，自此直到1998年12月病逝。

北京之旅畢，我回港後，收到錢老6月15日寫的信，說他「老病⋯⋯畏客如虎。不意大駕遠臨，遂未迎晤。事後知之，疚歉無已」。對此，我的解讀是：錢老如果知道是我來訪，應該會與我見個面。唉，錢夫人這位守護天使太強勢了。這次守護的是夫子的身體健康，而最終目的還是讓夫子可繼續與書為伍。

三　夫子妻子，心理攸同

從錢楊兩人1932年認識開始，書是膠和漆，把他們粘在一起。讀書、寫書、互投書信，是他們共同的興趣和活動。兩人埋首寫作，成節成篇時，便互相「拜讀」並提意見。錢的書，楊題寫書名；楊的書，錢題寫書名。楊還手抄錢的整本詩集《槐聚詩存》。楊的散文中處處有錢，錢的詩集中多有贈楊的詩。你中有我，我中有你，這是最親密恩愛的「文本互涉」(intertextuality)。錢老既逝，楊絳繼續與書為伍，寫和編自己的書，為先夫的《錢鍾書英文文集》寫序，整理先夫的筆記，集成煌煌然巨冊《錢鍾書手稿集》，協助出版《錢鍾書集》10種。書是文明的載體，書是文明的象徵；賢伉儷最愛的是書。楊絳把夫婦二人一生的稿費捐出來，於2001年設立清華大學「好讀書」獎學金。

不理解錢鍾書的人，説他只有學問（甚至説只有知識）沒有思想，更沒有思想體系。殊不知淵博的錢鍾書，其思想是簡簡單單的一句「東海西海，心理攸同」；其體系是個「潛體系」（或者説「錢體系」），即以此思想為核心。東海西海，心理攸同；也是夫子妻子，心理攸同。精神生活豐富，物質生活簡樸，是錢楊的共識與同調。他們已合二為一。5月25日清晨楊絳逝世，27日清晨遺體

火化，不設儀式，不設靈堂，沒有花圈挽聯，整個過程非常簡單。清清靜靜，清清淨淨，甚至不留骨灰，情形和18年前錢鍾書走時完全一樣。他們只留下豐厚繁富的書；夫子妻子，心理攸同。錢鍾書一生鍾愛書，楊絳一生鍾愛書，而且鍾愛鍾書。楊絳就是鍾書。

——寫於2016年5月杪

寫在楊絳錢鍾書的人生邊上

　　我是錢鍾書、楊絳作品的讀者，和二位又有兩面之緣，而錢、楊兩位幾乎連成一體，要寫楊絳，就要從錢鍾書說起。先說稱呼。楊絳女士今年5月以105歲高壽仙逝，報導和紀念的文章極多，都稱楊絳為楊絳先生，都說用「先生」一詞是對德高望重女性的尊敬。我不能苟同。其中一個原因是：如果我說錢鍾書先生和楊絳先生是一對恩愛夫妻，那豈不是有同性婚姻之嫌。錢、楊兩位在1935年結婚，那豈不是說那個年代已有同性婚姻，且是合法的——而錢、楊兩位豈會做違法之事？

　　從恩愛夫妻說起。恩愛夫妻有真有假。政壇和影視圈的很多伉儷，出雙入對，手拖手十指連心，面對面微笑會心，真是佳偶啊。然而，這樣的儷影在熒幕、視頻和微博可能一閃再閃即逝，夫妻間不管有沒有小三或小四介入，二人對簿公堂，為離婚分財產而成陌路了。「恩愛」只是劇情，而非真情。我所知道的錢鍾書和楊絳，是真正的恩愛夫妻。真正的恩愛夫妻，除了一般婚姻生活的和諧、和鳴之外，還表現於二人事業的互相扶持、欣賞。巴

金寫的〈懷念蕭珊〉一文，有恩愛，也有遺憾：蕭珊沒有在文化事業上用功，令巴金失望。楊絳和錢鍾書，是生活上的佳偶，也是事業上的「最佳拍檔」。錢鍾書是她作品的第一個讀者。她勤奮寫作，有劇作《稱心如意》等，有小說《洗澡》等，丈夫當然也是第一個讀者。錢鍾書寫《圍城》，每天數百字，楊絳「悅讀」之，且提供「寶貴的意見」。

楊絳不只是一個普通的賢妻良母，就只主持家務、相夫教女而已。母語漢語之外，楊絳通曉英語、法語、西班牙語，著譯編豐厚，留下劇本《稱心如意》、《弄假成真》，長篇小說《洗澡》，散文集《幹校六記》、《我們仨》、翻譯作品《堂吉訶德》等等；102歲時出版的八卷《楊絳文集》，凡250萬言。夫君錢鍾書褒揚她為「最才的女」或許有點誇張，董橋說她的散文比夫君的散文好一千倍，更是誇張得一塌糊塗（這裏借用夏志清的四字口頭禪），但她確有很高的成就。劇本、小說、散文、翻譯之外，她還有學術論文。這方面大概是少人關注的。1950年代和1980年代，她一共發表過約十篇論文，其中1950年代的論菲爾丁的小說理論、論李漁的戲劇結構理論，表現她對文學的學識和見解，又往往從中西比較角度加以論述，都擲地有聲。1946年秋季，是楊季康（楊絳的本名）的季節：她在震旦女子文理學院任外文系教授；1949年楊絳為清華大學兼任教授。楊教授撰寫學術論文，是本分的事。

錢鍾書在他的著作中，有沒有對「最才的女」的學術論文加以稱許，待查。

楊絳是個溫文柔順的妻子，這是1984年我在錢家所得的印象；對此我已有文章記述。那年的夏天，我生平第一次到北京，心血來潮想到要拜訪錢鍾書先生，竟然如願。事先沒有做功課，事後才知道楊絳翻譯的杰構《堂吉訶德》已經出版了幾年。文學大師錢夫子固然顯得親切平易，錢夫人也絲毫沒有翻譯大家的「風範」，而像是普通百姓裏一個夫唱婦隨的人。

錢鍾書一家的生活有時舒適安逸，有時遷徙流離過著苦日子。歪曲悖謬的文革時期，一家人都受折騰、受委屈；生活困厄，而三口之家相親相愛地過日子。1977年遷入新居之後，漸漸地年紀老邁、身體病弱不說，錢氏夫婦過的應是最安適的日子了。楊絳是賢妻良母的典範，是夫君錢鍾書所說的「最賢的妻」。

楊絳且是夫君的守護天使，任務之一是保護夫子的寶貴時間不被蠶食。在拙作〈楊絳就是鍾書〉一文中，我對此略有描述。錢老晚年體弱，1994年夏天因病住院，一入醫院深似海，自此直到1998年12月病逝。錢老住院期間，楊絳年年月月日日相陪。她真是「最賢的妻」。楊絳就是鍾書，兩人皓首窮經、寫作。楊絳80歲時想寫小說，曾為此向夫君發出S.O.S.求助。此事知道的人可能不多。不過，只要讀過錢鍾書1991年寫的〈代擬無題七首〉，

和楊絳為這組詩而寫的〈緣起〉，就一定會為這對事業上互相合作、唱和的佳偶而感動，而豔羨。

楊絳擬寫愛情小說，先請夫君「為小說中人物擬作舊體情詩數首」。二人「相敬如賓」地討論了一番，錢鍾書欣然命筆成詩。下面是其一：

> 風裏孤蓬不自由，住應無益況難留；
>
> 匆匆得晤先憂別，汲汲為歡轉賺愁。
>
> 雪被冰床仍永夜，雲階月地忽新秋；
>
> 此情徐甲憑傳語，成骨成灰恐未休。

這一首和其他六首，頗有唐朝李商隱〈無題〉詩意境，在情詩中未必有什麼大突破，難得的是夫妻唱隨之情。我還要指出，這幾首詩收錄於《槐聚詩存》（錢鍾書別號槐聚），而《槐聚詩存》線裝宣紙80頁，全是楊絳親手抄錄的。如非真正的恩愛，妻子怎會這樣為夫君做抄寫員？楊的散文中處處有錢，錢的詩集中多有贈楊的詩。你中有我，我中有你，這是最親密恩愛的「文本互涉」（intertextuality）。

夫婦二人同心讀書寫作，把文壇應酬減少到接近零。錢鍾書在世時如此，既逝後，楊絳依然。她似乎不用參加文化界活動來減少「寂寞」；讀書寫作使她生活豐足，她可能根本並不寂寞。話

說2004年，一位台灣著名作家獲得「第二屆華語文學傳媒大獎」的散文家獎；主辦者請得獎人自選一位相關人士，在頒獎典禮上，把獎項授予得獎人。著名作家向來敬重錢鍾書，而其夫人楊絳也是望重的前輩，於是說請楊絳女士頒獎。主辦者聽後告訴得獎人：楊絳這位老太太不好惹，她不會答應這種「應酬」的。著名作家十分無奈，當然只得作罷。不過，楊絳自有其「交際應酬」，有高度選擇性的。其千金錢瑗的高足陶然，他對老師的母親非常敬愛，登門拜晤，楊絳自然熱情接待。德國漢學家莫宜佳翻譯錢鍾書作品，「有朋自遠方來」，楊絳自然接見，不亦樂乎。

錢鍾書名著《圍城》大寫特寫男女主角夫妻大吵特吵；論者常謂虛構的小說，往往有作者真實的身影。現實生活中，錢楊兩位有沒有吵架，我們不得而知。有一件事情，卻極可說明錢家三人的互相衛護，以至不惜跟別人吵架打架。文革期間，鄰居的女士辱罵錢瑗，楊絳為其女兒辯護，引起雙方吵架，以至打起架來。錢鍾書聽到看到幾個人吵架打架，趨前保護妻子，拿起一塊大木板打向該女士的丈夫；幸好被擋住，沒有造成大傷害。此事楊絳有文〈從「摻沙子」到「流亡」〉（寫於1999年）為記，文中有這樣的句子：「打人，踹人，以至咬人，都是不光彩的事，都是我們決不願意做的事，而我們都做了——我們做了不願回味的事。」人非聖人，行事為人不可能完美；人生邊上哪能沒有「不願回味的

事」？這裏提到此事，讓我回憶起相關的另一樁事情，這是他們兩位人生邊上的邊上了。現在「爆料」。

大概是1993年4月某日，我在北京機場書店看到一本新書，書名是《錢鍾書傳稿》，這是我所知道的第一本錢鍾書的傳記。作者名為「愛默」，大概是喜愛、愛護「默存」之意；默存是錢鍾書的字。我馬上買了，在機上讀了。書中有一節說文革期間，錢鍾書夫婦與鄰居衝突打架。錢鍾書彬彬儒雅，妻子楊絳溫柔嬌小，他們竟然與人打架，可能嗎？作者「愛默」，應該不會虛構故事吧，打架畢竟不是君子的作為。我疑惑不已。

回到香港，過了一兩天，晚上參加校園的一個餐聚。校內外高朋滿座，談笑間我心中仍有愛默寫的特別事件。剛好長桌對面有兩位嘉賓，其一是來自上海的陳子善教授，另一位是來自北京的林先生。我趁機會向他們兩位求證事件的真確性。問子善兄，他熟知文壇掌故，但他說不知道有錢鍾書夫婦與鄰居打架一事。我轉而向中國社科院的林先生詢問，他說平時少交際應酬，都待在家裏看書、寫作、聽音樂，不知道外間的事。

當晚也在場的鄭子瑜老先生好客，幾天後請子善兄吃飯，潘銘燊教授和我作陪。閒談間，我自言自語：「奇怪，錢鍾書夫婦為什麼跟人打架呢，跟誰呢？」言畢，子善兄說：「就是跟那個林某啊，前幾晚說不知道外間事的他啊！」鄭老先生一聽大驚，繼

而大笑，差點兒噴飯。我幾乎大叫起來。此巧合事件，只與楊絳間接有關。

回頭說文雅的事。錢、楊一生辛勤著作，作品一一出版，出版後再版，又編輯全集性文集，為的是什麼？為的是劉勰說的「文果載心，余心有寄」，寄望於現世或後世有知音。為的是曹丕說的「年壽有時而盡，榮樂止乎其身，二者必至之常期，未若文章之無窮」；曹丕認為文章是「不朽之盛事」。《楊絳文集》（文論及戲劇二種）附有楊絳親撰的〈楊絳生平與創作大事記〉，裏面詳細記錄夫妻二人的出版事務。它也記載1982年楊絳在北京「賽凡提斯逝世366周年紀念會」上發言；記載1983年楊絳「隨代表團訪問西班牙」；記載1986年「英國女皇來訪，……錢鍾書與我皆赴國宴」。「赴國宴」？錢鍾書不是頗有李白「天子呼來不上船」的高風嗎？我這裏引述時，故意先漏掉「……」的14個字，現在補上：「行前曾閱讀錢鍾書牛津大學論文」。錢鍾書的英文論文，成為女皇「御覽之寶」，這不表示很光榮嗎？愛名之外，《大事記》1997年有記載：「錢鍾書於香港回歸甚關心，有興看電視。」1994年夏天錢老生病住院，仍然關懷國事，而且是港事；夫妻同心，相信楊絳也關心，否則不會寫到《大事記》裏面去。

——寫於 2016 年夏天

夏志清篇

博觀的批評家

夏志清先生一生影響最大的書，是《中國現代小說史》，論者都知道他慧眼識錢鍾書、張愛玲諸「文雄」於微時，對魯迅、沈從文的小說等也有允當、精到的評論。夏公於2013年12月29日逝世後，悼念的文辭甚多，大家都力稱其貢獻，也有對他坦率的言談和童心嘖嘖稱奇的。筆者1969年隆冬在紐約立雪夏門，初次拜訪夏教授。此後書信往來，四十多年來沒有停止；在紐約、香港，還有多次晤談。他的所有論著，包括散文，大體上無一篇無一本不讀。我曾把他論《老殘遊記》的文章，以及論《鏡花緣》的文章，由英文原文譯為中文。我校閱潤色過《中國現代小說史》的中譯本文稿，此書的原著和譯本，我一共至少讀過三遍。夏公的治學態度和批評手法，我相當熟悉，對我頗有影響。概而論之，夏公「通識」，他博觀作品、熟識理論；「通達」，思想技巧並受重視；「通變」，匯通眾說以創新見。夏公的論著，評論者頗為不少，甚至有以他作為學位論文研究對象的。這裏我析論其「通識」的特色，相信所說比一般論者具體詳明，且照顧深廣。博觀通識，是大批評家的先決條件。

一　通過比較彰顯張愛玲、《紅樓夢》

隨手翻開夏氏的批評論著，我們都可以找到他博學通識的證據。夏著《中國現代小說史》論到張愛玲《金鎖記》的收場時說：

> 杜斯妥也夫斯基〔內地譯作陀思妥耶夫斯基〕的《白癡》中娜斯塔霞死了，蒼蠅在她身上飛（批評家泰特 Allen Tate 在討論小說技巧的一篇文章裏，就用這個意象作為討論的中心）。這景象夠悲慘，對於人生夠挖苦的了。但是《金鎖記》裏這段文章的力量，不在杜斯妥也夫斯基之下。套過滾圓胳膊的翠玉鐲子，現在順著骨瘦如柴的手臂往上推……讀者不免要想起約翰‧鄧恩有名的詩句：「光亮的髮鐲繞在骨上」（A bracelet of bright hair about the bone）。七巧是特殊文化環境所產生出來的一個女子。她生命的悲劇，正如亞里士多德所說的，引起我們的恐懼與憐憫。（香港友聯版頁 348）

引文短短二百餘字裏面，夏志清提到了杜斯妥也夫斯基、泰特、鄧恩、亞里士多德。亞氏認為悲劇喚起觀眾憐憫與恐懼的情緒，這是文學常識，並不表示什麼淵博，其他徵引就不同了。夏志清是小說專家，而能徵引詩人的句子，我們讀至鄧恩「光亮的髮鐲繞在骨上」這裏，怎能不眼前一亮？夏志清得的是英語文學博士學位，而能徵引杜氏這個俄國小說家的作品，我們怎能不承認他

的兼通？夏志清不但讀了杜氏的小說，連杜氏小說的論文也不放過，我們怎能不佩服他的淵博？

《中國現代小說史》這章張愛玲專論中，夏氏還說：「僅以短篇小說而論，她（張愛玲）的成就堪與英美現代女文豪如曼珠菲兒、泡特、韋爾蒂、麥克勒斯之流相比，有些地方，她恐怕還要高明一籌。」（頁335）這裏短短一兩句話，已經蘊藏了批評家多少學問！有學問才能有信心，有信心才能以此大氣魄、大手筆作中西的比較。

夏氏《中國古典小說》一書，論《紅樓夢》那章說道：「《紅樓夢》有別於《源氏物語》和《往事追憶錄》那類小說，雖然三者規模相當，主題也彷彿相近。」（*The Classic Chinese Novel*，頁266）日本的《源氏物語》和法國的《往事追憶錄》，是篇幅繁浩的巨著，而夏志清拿它們一一來與《紅樓夢》相比，這自然又是大氣魄批評家的大手筆。有人也許會懷疑：夏氏真的讀過這兩本外國小說的全文嗎？他大概只讀了提要，就信口雌黃一番吧！外國長篇小說提要一類的書，舉手可得，誰不會走捷徑讀提要，假冒博學？不過，我們繼續看夏志清的文章，就會知道他讀的不可能是小說的提要，而是全文。夏氏的話這樣繼續：

〔《源氏物語》和《往事追憶錄》〕兩本小說中的愛情，最初是

驚訝，最後或則饜足，或則厭惡，都是有始有終的：源氏、
史璜、馬塞爾他們，愛得既堅且長，不過，到了最後，才知
道深情熱戀，消散如雲煙，徒惹哀傷。《紅樓夢》中的癡情
男女則不同：愛情的終結到底如何，他們得不到體驗的機會
……。（頁 266）

批評者沒有讀過那些小說的全文，這些話是說不出來的。

二　遍讀經典・知識密集

　　夏志清的文章，每一篇都密密麻麻地充滿著學問。余光中曾
論散文的藝術，強調密度的重要。他說很多流行的散文，「一味
貧嘴，不到1cc的思想竟兌上10加侖的文字」，大大不以為然。大
陸的散文家秦牧，有類似密度的說法。他指出，某些作品「水分
很多，人們讀了所得無幾，就好比幾粒米要想煮一鍋粥，淡而無
味」。說到文學批評文章中學問密度之大，當今中國作家之中，
應以錢鍾書和夏志清為代表。有一位得過國際文學大獎的漢語小
說家，也寫文學評論。這位先生空有理論，極少例證，與錢、夏
相比，腹笥多寡就分明了。

　　作品讀得多，是夏志清這位批評家一個了不起的地方。夏氏
於大學時期已大量閱讀文學名著，畢業後，「閉門讀書」不輟。赴

美入耶魯大學英文系，拿到耶魯博士學位後，教書、做研究，沒有一天離開過文學。他既然科班出身，讀書和研究自然有計劃、有範圍、有方法；他又是嗜書如狂的人，涉獵廣而雜，文學書籍無所不窺。夏氏常常說某某書他讀過，某某書他未讀過，對沒有讀過的書，總表示點歉意。在〈文學雜談〉等文章裏，夏氏那種「此書未曾讀過，慚愧慚愧」的心情，表露無遺。〈文學雜談〉中，夏氏提及一篇報道龐德 (Ezra Pound) 晚景的文章。龐德的長詩 *The Cantos*，連寫幾十年，詩人晚年對自己這篇作品，很感失望，歎道：「我把它寫糟了。」夏志清看報道看到這裏，頗有「大快人心」之感；「至少像我這樣多少年來一直未被龐德吸引的人，覺得今生不細讀 *Cantos*，也無愧於心了。」夏氏沒有在文章裏表示過，他有讀盡世間名作的宏願；可是，在字裏行間，我們不難體會到夏氏這種超人的願望。林黛玉之出生，乃為了還眼淚的債；夏志清之出生，則可說為了還讀文學作品的債了。

　　要做批評家必須先博觀，要做大批評家更必須如此。我國偉大的批評家劉勰說：「操千曲而後曉聲，觀千劍而後識器；故圓照之象，務先博觀。」這是無可置疑的真理。夏志清博觀，這是無可置疑的事實。夏氏和青年朋友談文學批評，曾語重心長地說：「不管是批評家或創作者，在中學、大學都應該盡可能把一些經典之作看過，中西作品都要看，最少十年的預備工夫。……

做個批評家要多看書，沒看到不了大境界，氣度不夠嘛！」這完全是他的經驗之談，是有志從事文學批評者的座右銘。1990年代我們在紐約拜訪夏公，他看見女兒淑珊拿著書，正在讀《傲慢與偏見》，就告訴她，最好把奧斯汀的全集都讀了。

三　嫻熟運用西方理論

博觀作品是批評的重要條件，但不是充分條件。二十世紀是講究方法學的時代，各門學問都有方法學，文學批評也不例外。本世紀文學批評的方法學，舉其大者，有馬克思主義批評論、心理分析批評論、新批評論、神話基型論、結構主義、後殖民主義、文化研究等。夏志清對這些方法學，多數熟識，且運用自如。他深懂馬克思主義理論，否則不可能在《中國現代小說史》中目光灼灼地探討大陸的文學。讀夏氏論《紅樓夢》、論白先勇小說等文章，我們知道他透視了佛洛依德的心理分析學。

夏氏一向佩服艾略特這位新批評學派的祖師，他又是新批評學派健將勃魯克斯(C. Brooks)的入室弟子（《中國現代小說史》中英文版的作者自序，都提到這位恩師），他對新批評學派的來龍去脈、優劣得失，簡直瞭若指掌。夏氏所寫的批評，從大處下筆，而往往能從小處著眼。論《紅樓夢》一文是一佳例。他析論這

本巨著的儒釋道思想，這是大的一面；他有時對書中幾個字眼，裂眥觀看，尋出其多義性，這是小的一面。《紅樓夢》第119回記賈寶玉離家前，向寶釵道別：「姐姐，我要走了。你好生跟著太太，聽我的喜信兒罷。」後來又對著眾人，仰面大笑道：「走了，走了，不用胡鬧了！完了事了！」夏志清前後讀過《紅樓夢》四次，寶玉離家這一節讀得非常仔細，所以體會到小說作者字斟句酌的苦心。夏氏這樣評析道：這一場面和前一場面一樣，利用若干關鍵字眼（「走了」、「喜信兒」、「胡鬧」、「完了」）的多義性，以加強主角雙重道別的戲劇情節：表面上，他離家不遠，竟然又哭又鬧，有點小題大作；實際上，他要離開的是這個紅塵，要斷絕六親。（頁295）

夏志清這裏所提到的多義性，正是新批評學派所重視的。他們所珍惜的反諷、結構等等，夏氏也珍惜：反諷一詞，經常在《中國現代小說史》的篇頁出現；結構的完整性，則是他論《老殘遊記》小說藝術時所持的一項標準，《中國古典小說》導言對結構完整的重要，也說得很清楚。

神話基型論（Archetypal Criticism）的主要用語如神話、基型、普遍性象徵，時時見諸夏氏筆下：《中國古典小說》導言提到基型角色，《紅樓夢》一章論及這本小說第一回的天地初開神話（creation myth），又論及大觀園的象徵作用。夏氏說：「就象徵性

而論，大觀園可視為受驚少年的天堂，他們接近成年的種種憂慮，這裏一掃而空。……」（頁279）又說香囊在大觀園的出現，有如「蛇入了樂園」，震驚了賈家的長輩。夏氏的批評，卓見處處，這裏所述，只是極少的幾個例子。神話基型論只客觀、冷靜地分析作品，而不涉及評價問題，夏志清對此頗有微辭，但他對此派理論，顯然極有認識、擅加運用。

結構主義的基本原理其實很簡單，就是探求、歸納「千篇」作品的「一律」。不過，結構主義術語多，給人理論極為複雜深奧的感覺。夏志清既是批評家，對這門曾經相當流行的新學說，自然非留意不可。1975年夏氏為吳魯芹先生的《師友·文章》作序，這樣提到他與結構主義所結的緣：「前一陣想一知『結構派』（Structuralism）文藝理論之究竟，讀了兩本入門書，叫苦連天。……『結構派』理論簡直有些像微積分，比我們中學裏讀的代數、幾何難上幾倍。」

四　強調用理論非批評的上策

由上所述，我們知道夏志清遍讀古今名著之外，還致力把握各種理論，包括當代最新的理論。方法學在今天的文學研究中，有重要的地位。夏志清懂得方法學，但絕不受任何一種理論的框

框所圍。對那些特別講究方法學的研究者，則於勸勉之餘，表示相當的同情：

> 年輕學人受了這類（強調方法學的）理論家的影響，特別注重「方法學」（methodology），好像學會一套方法，文學上一切問題皆可迎刃而解……借用一些新奇的批評方法來檢討一部中國古典作品，至少對洋人來說，其動機往往若非對這本書的瞭解，缺少自信，即是對這本書所代表的文學傳統，缺少研究，一定得出此下策，借用一套方法，否則論文一個字也寫不出來。

這真是一針見血之論。通一法、治一書的學者，有如溪邊手持一竿的垂釣者，只要有耐心，總會釣到一條或大或小、或可口或不可口的魚。夏志清這位碧海的掣鯨手則不然。他是裝備最先進的捕鯨船船長，憑著豐富的知識、閱歷和智慧，在碧海中大顯身手，滿載而歸。方法和理論是批評家的工具，批評家必須靈活操作這些工具，不應反過來受工具的操縱。夏氏深諳此理。

【附記】1980年1月我寫了兩萬字左右的長文，題為〈文學博士夏志清〉，發表了，後來收入我的書中；2002年9月又為此文寫了一篇後記，有一千多字。2013年12月夏公仙逝，我截取長文的片段，加上前言和後語，即是上面這篇〈博觀的批評家〉，在刊物上發表。

拜訪紐約客

　　重讀夏志清先生的文集《雞窗集》，先再看一次他的〈讀、寫、研究三部曲〉一文。夏公說他少年時，家中藏書不多，主要有《三國演義》等。九歲時，他就把《三國演義》讀了一次。此後三年，每年暑假重溫一遍。年輕時，他的記性特別好，所以這本章回小說，讀得爛熟了。夏公慶幸當時讀了這部名著，認為今天中國的青少年，仍然必讀此書。中國文學中，沒有希臘那樣的史詩和神話。夏公認為《三國演義》的作者，可算是中國的荷馬。對於這個說法，我深表同意。荷馬史詩和《三國演義》有一串串引人入勝的故事，講人性，富於想像力。一希一中，實可相提並論。我記得夏公好像曾在別的文章中，比較了荷馬史詩《伊利亞德》主角阿奚里斯，和《三國演義》的關雲長。這兩個大將，都是武功了得，極重友情，而又相當高傲的，真是比較文學的一個好題材。

　　同一文章中，夏公慨嘆美國很多青年不讀古典名著，只喜歡聽熱鬧的流行音樂。夏公在美國住了數十年，居於紐約的時間最長，約有三十年。看來他對紐約這個大都會以至美國這個超級大國家，是愛恨交織的。1990年8月，我們一家到紐約旅行，住在

夏府附近的哥倫比亞大學賓館。是星期日的早上，我買了一份數磅重的《紐約時報》。夏公看見了，說：「來紐約，當然要看《紐約時報》。好！」他本人是個《紐約時報》的忠實讀者，天天不離此君。此報自然是知識分子非看不可的。余光中先生留美時，曾向《紐約時報》狂嗅古遠中國的芬芳。1981年秋天，我客居威斯康辛州的陌地生城，離紐約甚遠。記得有一天，《紐約時報》內頁一標題，特別醒目，譯成中文，應該是：「秋天向南奔馳，一天五百英里。」《紐約時報》的新聞最多，敢誇全國以至全世界第一。它在報頭的口號 All the News That's Fit to Print，讀新聞系的學生，人人知道（這個口號大概可譯為「新聞應有盡有」）。夏公住在紐約，只讀其《紐約時報》，讀其《紐約客》這些高水準的報刊；政治社會，藝術文化，都在其中，夠可樂的了。然而，夏公這個紐約客，對紐約時有怨言。

　　如果要夏公搬離此城，一定頗不習慣。但他這些年來，似乎也頗不習慣於紐約的繁囂不寧。1969年的冬天，我立雪夏門，在紐約初訪夏公。夏府在哥倫比亞大學校園旁邊，那裏的北面就是哈林區，治安不很好。夏宅重門深鎖之外，還裝有警鐘，以防萬一。當時夏公迎我入門時，不知怎地，觸響了它，以致鈴聲大作，樓上樓下的鄰居都來看個究竟。夏公向來不但講話速度快，身體語言也給人「快動作」的感覺，因此當時顯得頗為緊張，真有

點手足無措之勢。後來不知怎地，夏公說了些「快人快話」，警鐘就停止了。大概是給夏公之威風，或是他那機關槍般的口頭反擊鎮住了吧。

紐約近年來市容差，罪案多。1990年夏天，我們拜訪夏公，在街上走的時候，總發現熱鬧地區的垃圾多，若干街道的街景並不美，而夏公則常常提醒我們要小心。有一天晚上，在一牛排餐廳吃餐付賬時，夏公的錢包不見了。紐約的治安，紐約客的道德，於此可見一斑。大概一個月後，《時代周刊》的封面專題是：〈紐約這個大蘋果正在腐爛〉。讀來使人驚心。

紐約仍是世界性的商業和文化中心，很多紐約客仍然覺得那個蘋果富營養，好味道。不過，對它愛恨交織，相信不止夏公一人而已。

夏公在文章中鼓勵青年讀《三國演義》，並充分肯定這一類歷史小說的價值。然而，歷史小說在美國學院批評家眼中，卻無地位。有一位名為瑪麗瑞諾爾的歷史小說家，作品多而好，但學院批評家卻從不提她的一字。夏公為她抱不平之餘，連帶也為台灣的作家高陽叫屈。夏公說：台灣的學院文評家，「也同美國的一樣，要討論當代小說，就討論反映當代現實和具有現代意識的小說家，歷史小說家是隻字不提的」。

夏公評論文學，自有他一套服人的標準。他的標準和評斷，

不可能所有的人都完全同意。然而,他向來是個心胸廣闊的批評家。他對魯迅的短篇小說,對茅盾的《子夜》,都極為好評。

讀夏志清先生《雞窗集》中自述治學的文章,真佩服他閱讀詩人全集的作風。他在上海讀大學的時候,就讀完了英國詩人丁尼生的全集。丁尼生是維多利亞時代的桂冠詩人,活了八十三歲。他的全集一千多頁,頁頁雙欄小字。以後他還讀過多位詩人的全集。夏公説:「熟讀一個大詩人的十多首名詩是一種樂趣,讀他的全集是另一種樂趣。讀了全集,你自然想讀他的傳記,當代人對他的評論,和他身後多少學者發表的研究成果──你自己也走上了研究之路。」林以亮先生在《雞窗集》的序中指出,夏公「為學博大精深」,除了稟賦之外,就是由於堅毅苦讀的精神。

友人黃國彬兄,也勤讀詩人全集。為了寫《中國三大詩人新論》,他先把屈原、李白、杜甫的全集都讀了。國彬兄推崇意大利詩人但丁,我相信他一定也讀完了但丁的全集。我在美國讀研究院的時候,對葉慈和艾略特都深感興趣,很想探究葉慈的淑世精神,以及艾略特的現代意識。讀研究院那幾年,是我一生中最專心讀書的黃金歲月,可是也沒有把葉、艾的全集讀完。曾修讀「維多利亞時代詩歌」一科,課本選了丁尼生的數十首詩,我連這些詩選都未曾通讀。丁尼生哀悼已逝的摯友,寫了《悼念》(*In Memoriam*),共一三一首。課本錄了這組詩,而我卻不能終卷,

怨説這組詩缺乏吸引力。夏公在《雞窗集》的文章裏説，丁尼生寫了綿長傷感的悼念詩，可能由於他與死者有同性戀關係。經此一説，我忽然有重讀並全讀這組詩的興趣。不過，時間仍然是最大的阻力。如果我現在發憤開始閱讀一些經典作家的全集，則只好息交絕游，什麼長文短論都要擱筆了，然則連介紹當代一些前輩同輩人品文采的文章也要停了。當然，對波斯灣的悲劇戰爭，也要減少觀看的時間了。我只能選擇熟讀大詩人的少數名詩那種樂趣。

　　讀夏公之文，聽夏公聊天，既有樂趣，也有壓力感。1990年夏天，在紐約和夏公吃飯，夏公看到小女手上有一本《傲慢與偏見》，就和她談起小説的故事情節來。我一方面樂聞這樣的「對話」，一方面告訴自己，糟糕，我得重讀這小説一遍了。(夏公快要退休。時光奔逝，在香港想念地球另一邊的夏公，乃草此文，雜談也。)

—— 寫於 1991 年 1 月

春風秋月冬雪夏志清

文學學術界很多人都知道，夏公志清先生今年90歲了。去年十月，夏公的門生故舊已在紐約提早為他開了個盛大的生日派對。

經友人提起，今年對夏公來說，還有特別的意義，原來是夏公這位大批評家的《中國現代小說史》出版50周年。想來夏教授遍天下的桃李和讀者，應該也為此書辦一個慶祝活動，金禧了。

一 《中國現代小說史》：「不朽的傑作」

夏志清還有《中國古典小說》等多部著作，而以《中國現代小說史》享譽最隆。此書與夏公二者幾乎融為一體。一提起張愛玲和錢鍾書，必然提起夏志清，因為是夏公「識」他們於微時。夏公在《小說史》中闢專章評論張、錢二人作品，把他們的成就高高標舉。1979年錢鍾書訪問美國，到了紐約，別的人可以不見，夏志清不可不見，因為夏氏說錢氏的長篇小說《圍城》「大概是中國現代最傑出的長篇小說」。錢鍾書怕與人交際應酬，因為這樣會減

去讀書寫書的時間。張愛玲更怕，她相當孤僻。一般人寄給她的信，她往往拆也不拆就扔入垃圾桶，卻與夏志清長年維持通信，因為夏氏說她的中篇小說《金鎖記》是中國歷來最偉大的中篇小說。數「錢」秤「金」，得準確允當，否則這位批評家的衡量就沒有信用；評語如通貨，膨脹如長久，百物皆高價，貨幣就貶值。

《小說史》出版至今50年，我們回顧此書的「讀者反應」，雖未能說人人都贊同夏氏的所有論調，其高舉張、錢而同時極為推許魯迅的短篇小說，其探尋中國現代小說感時憂國的精神，凡此種種，夏氏評論的「含金量」是很高很高的。

夏志清出身於耶魯大學英文系，飽讀西方文學經典。無論寫的是春風春月的人生，是秋風秋雨的社會，他對作品的思想性和藝術性同樣注重。19世紀英國批評家馬修‧安諾德（Matthew Arnold）有「試金石」之論，評斷當代作品時，以荷馬、但丁、莎士比亞的名篇名段為試金石，測量所評作品的表現。夏志清則把所論作家作品放在古今甚至中外文學的坐標中，透視其價值。《文心雕龍》說「操千曲而後曉聲，觀千劍而後識器」，夏志清「曉聲」、「識器」，正因為他博覽過文學的著名經典。

《小說史》原著為英文，1970年代末由香港友聯出版社推出中文譯本。十多年後香港中文大學出版社再版，2005年復旦大學出版社推出內地版。中譯本《小說史》的編譯者劉紹銘說：「連政治

上與夏氏意見相左的年輕學者，也對他的學問和批評眼光表示佩服。」他譽此書為「經典之作」。劉若愚更謂此書乃「不朽的傑作」。

1976年起，我在香港教書，課餘為友聯版義務擔任校閱，並編譯其索引，把此書原著和中譯由頭到尾讀了三遍，覺得學術界對此書的讚譽並不過份。內地1950年代的中國現代文學史著作，由於政治色彩濃厚，而著者的中西文學視野比較狹窄，論述也就比不上夏著的銳利獨到了。

二　「彌綸群言」以成新論

1970年代初，我翻譯了夏公的兩篇英文論文，一為〈《老殘游記》新論〉，一為〈文人小説家和中國文化 ——《鏡花緣》新論〉，翻譯時我在美國讀研究院。我譯夏公的論文，力求信、達，譯文甚得夏公首肯。夏公做學問的方法，他評論作品的態度，在這兩個個案中呈現無遺，非常值得研究生學習，奉為典範。

劉鶚的《老殘游記》成於1904年，夏志清的〈《老殘游記》新論〉成於1968年。六十多年間，這本小説有多種版本和評論。夏志清盡量搜羅各種有關資料，一一閱讀。他所用的版本，有台北的，也有北京和香港的，連美國學者謝迪克 (H. Shadick) 的英譯

本也不放過。評論方面，也兼覽台北、北京各地的資料，通論性的書如魯迅的《中國小說史略》和阿英的《晚清小説史》自然也看了。他還瀏覽了一大堆涉及《老殘游記》時代背景的文獻，如《庚子事變文學集》、《庚子國變彈詞》、《清史稿》、《清史列傳》、《近代中國史事日志》、《清代名人傳略》(英文)、《義和拳大災難》(英文)等等。夏志清金睛火眼聚焦於此書，參照綜合各家之說，提出他的獨到之見，確有「新論」。夏氏認為《老殘游記》是我國第一本用第一人稱寫的抒情小説，也是我國的第一本政治小説，非普通人所稱之諷刺小説、譴責小説而已。夏氏又認為，老殘於銀光映雪中矯首對月一節，固屬佳構，這節接下來的沉思一段，更應受注意。這裏劉鶚深入主角內心，顯出抒情家的真正本領。在歷代小説中，這樣的技巧，誠然夐夐獨造。

我的一篇長文〈《人間詞話》新論〉在1975年完成、發表。三十多年前研究、撰寫時不覺，後來回顧，乃發現我的學術研究和撰述，甚受夏公的啟發。夏公的「新論」和我的「新論」正是劉勰「彌綸群言，而研精一理」理論的體現：參照綜合各家之說，分析之、議論之，然後提出個人獨到之見。當下很多的文學「學術論文」，往往不理會相關作品既有的研究成果，就匆匆發表議論，與讀後感想沒有什麼差別。

三　對晚輩扶掖鼓勵、鴻雁往還

《小說史》的校、編，是我自動請纓的；更早的翻譯，是我主動提出要做的。為什麼這樣自動、主動，原來我差點兒成了夏公的學生。我在1969年冬天初次在紐約拜訪夏公，後來報考夏公任教的哥倫比亞大學東亞系，獲得取錄；俄亥俄州立大學的東亞系我也曾報考，它取錄了我，且給予獎學金。我到了俄大深造。雖然沒有成為夏教授的學生，但感於他的指導、鼓勵之恩，視他為老師，主動為他在學術上盡點綿力。夏公對我愛護有加，不時耳提面命，指點門徑。1971年夏天，他知道我將往俄大深造，囑咐我一定要好好跟陳穎先生讀書。夏公樂道陳師之善，所言甚是：陳穎師對李賀、濟慈（John Keats）的感性世界深有體會，既談艾略特（T. S. Eliot）又論錢鍾書，出入中西兩個高雅精緻的詩歌傳統，他的兼通、貫通予我很大的啟迪。

1976年我在俄大畢業，回香港的母校任教。翌年我的第一本書《中國詩學縱橫論》出版。出版前，夏公知道此事，從紐約飛來一封郵簡，主動提出要為我寫序，我當然大喜迎接這從天而降的訊息。我把書稿寄出，不久後夏序飛來，冠於書首。

40多年來，不論我人在美國、香港、大陸或台灣，來鴻去

雁，夏公這位師長同時也是我的筆友。來鴻總是來自紐約，去雁總是去到紐約。去年12月初，我雁報平安，略道一年中家人生活，提及犬子若衡在韓國講話、唱歌一事，夏公來鴻捎來大期望。他期望四歲多的小孩將來成為「大critic」，即大批評家。不過能言善道喜歡唱歌罷了，長大後就能夠成為大批評家嗎？內子和我都聞之而喜，而不安。不過，我深能理解：夏公一生從事文學批評工作，在他眼中，批評家和詩人、小說家、音樂家、思想家、科學家、政治家等一樣重要，甚至更為重要。生子當如孫仲謀，生子當為批評家！夏公是大批評家，希望他愛護的黃維樑也是大批評家；黃維樑做不成，希望黃維樑的兒子成功。我也有厚望焉。

夏公對他的晚輩，扶掖鼓勵，鴻雁往還，就這麼溫厚、溫馨。對他的朋友，則樂道其善。劉若愚先生1986年英年早逝，夏公為文悼念，所述不止二人交往，還把劉氏著述的精彩處加圈加點，予以推介。他的悼念前輩學人陳世驤，亦然。劉若愚曾長期在美國西岸的史丹福大學任教，以其中國詩歌論著馳名。在美國東岸的夏氏，悼念劉氏的文章，題為〈東夏悼西劉〉；他頗有英雄重英雄、「固一世之雄也」的自豪。

四　文如秋月人如春風

夏公的英文寫得出了名漂亮。他的中文書寫，一向如秋月那樣朗潔。讀他這類關於朋友的文章，我們更感到春風春陽的溫煦，甚至有夏日驕陽的熱情。這和他正襟危坐閱讀、評斷文學獎參賽作品或文學史上作品不同：他肅穆、認真、不苟，使他有「夏判官」之稱，頗有冷洌嚴肅的冬寒之氣。

和他面對面的接觸晤談，則如沐春風。他在學術會議上致辭時，總會講在場的張三之長、李四之優，妙語如珠，說後台下鼓掌，自己則開懷大笑。他的略帶吳語口音的普通話和英語，時緩時急，急時如連珠炮發，且中英語夾雜，真是一絕。與他面談，聽他講話，有時覺得仿如在聽、在看一場脫口秀 (talk show)。

最初接觸夏公其人，在 1969 年冬天；我立雪夏門，在紐約初訪夏公。夏府在哥倫比亞大學校園旁邊，那裏的北面是哈林區，治安不甚靖。夏宅重門深鎖之外，還裝有警鐘，以防萬一。當時夏公迎我入門時，不知怎地，觸響了它，以致鈴聲大作，樓上樓下的鄰居都來看個究竟。夏公向來不但講話速度快，身體語言也給人「快動作」的感覺，因此當時顯得頗為緊張，有點手足無措。後來不知怎地，夏公說了些快人快話，警鐘就停止了。大概是給夏公之威風，或是他那機關槍般的口頭反擊鎮住了吧。那時根本不覺得他是堂堂哥大的教授。

夏公長居紐約，已逾半個世紀；他不是紐約客，已是紐約人了。去年的來鴻中，夏公表示現在年紀更大，更不想離開紐約了，要會面就由我們到紐約去相聚。春夏秋冬不同季節，我都在紐約拜訪過夏公，每次都受教益。有一次，看到他書桌上有十來根西芹菜的莖，和削成條狀的紅蘿蔔，他像抽香煙似地一根一根吃。這是他養生之一道。最近與他通電話，90歲的夏公思維清晰、語音響亮；看他的近照，更是容光煥發。數年前我在致夏公的一封信中說，以他的天賦穎異和後天勤奮，如從事別的行業，一定是名成利就的富豪級人物。夏公其志不在此，在文學，在文學批評，一生的努力和成就，清一色是文學批評。不知道何時能到紐約再次親近接觸春風秋月冬雪一樣的夏公。遙祝他四季平安，健康長壽到100、110、120……歲！

——寫於 2011 年

晚年夏公說：「我很聰明，很偉大！」

　　2013年大除夕早上，傳來夏志清先生逝世的消息。我馬上致電紐約夏府，夏太太王洞女士接電話，說夏公是29日下午約6點，在紐約當地的療養院，因為心臟問題過世的。心臟病困擾夏先生多年，2012年出現了一次大問題，出院後沒有得到很好的休息與療養。夏公去世之前的一段日子，經常接待前來拜訪的各地人士，因為他今年3月份出版了《張愛玲給我的信件》這本書，許多人都是奔著有關張愛玲的書來的。這些來訪令夏先生的日程表安排得很滿，有些原計劃接待半小時的客人，往往要聊一兩個小時，讓夏先生無法得到很好的休息，非常辛苦。不過，夏太太說，夏公走得安詳，沒有遭受太多痛苦，這一點讓家人略感寬慰。我2011年發表過〈春風秋月冬雪夏志清〉一文，夏公在初春出生，現在享93歲高壽，於深冬逝世；由春到冬，四季遞轉，正合道家所說的自然。

　　夏志清先生有兩段婚姻，第一任太太是位洋人，為他生了兒女，夏公在文章中提過這些事。我與他見面時，聊得多的是第二段婚姻的太太與女兒。他的小女兒患有自閉症，這個孩子最讓他

牽掛，為她花費的精力最多。他送孩子去特殊學校讀書，有時在家裏還要「當牛當馬讓孩子騎」。夏公曾説，因為要照顧女兒，多少影響了他的工作。

夏先生注重養生。他晚年不抽煙不喝酒，多吃蔬菜水果。有一年我拜訪他，書桌上有切成一條一條的胡蘿蔔和西芹，他説「當有煙癮的時候，就拿起來吃上一兩條，權當香煙」。志清先生因其學術成就和名望，晚年頗為自信。他曾半開玩笑地説，自己「很聰明、很偉大」。

關於夏公的生活，以及我與他的交往，我的文章有過不少描述。夏公辭世，記者訪問我，我重複講述「故事」，還有應邀寫悼念的文章。時任深圳《晶報》副刊主編莊向陽博士的訪問記，以「他（夏志清）讓冰冷枯燥的學術充滿溫暖」為標題，頗為傳神。或訪問，或約稿，我也忙了一陣子。感傷之際，寫了一副挽聯如下：

志業在批評大師小説判優劣
清輝照學苑博識鴻文論古今

2015年夏天，我們一家有美國之旅，後來寫了文章記其事，有一節敘述在紐約拜訪夏夫人，引錄如下。

早幾年就有計劃來美東的，如果成行，一定會來看志清先

生，那時他快九十歲。這次到夏府，而夏公已不在了。和從前一樣，客廳和書房都是書，現在更是滿滿擠擠的，連走廊也是。牆上則多了一框慶壽的賀詞，紅色的紙上端楷寫著：「志清院士九秩嵩慶。繼學雅範。馬英九」

夏太太王洞女士精神充沛，很健談。我和內子聽著她談小說，時而娓娓，時而侃侃，時而疾疾；小說家與小說批評家與批評家夫人之間，多有愛恨交織的事情。故事已有成為文本，且發表過的，也有我們覺得新鮮的細緻情節；裏面的激情與怨恨，好像是胡適、徐志摩、郁達夫、張愛玲等等現代作家的生活或書寫中都出現過的。文學模仿人生，人生也模仿文學；夏太太講述的，是實錄式的小說故事。

有時我稱夏太太為師母。師母年已過八十，前塵往事繚繞，但她這幾年一直往前看，往前走。夏濟安夏志清兩位兄弟的書信集月前出版後，她繼續整理二夏的書信，以及其他書信；客廳和書房裏桌子上一疊疊一捆捆已發黃的老舊信件，其中可能有我給夏公的。批評家夏公，有人稱他為夏判官的，在我看來像賈寶玉一樣多情；他的書信裏充滿老少男女的各種情誼，夏太太整理時，可能會感觸多端。我想起文學史上的一些事：19世紀英國浪漫詩人雪萊在生時有多個情人，且為情人頻頻獻詩。雪萊既歿，太太整理詩人的遺稿出版，兼收並蓄；她心懷感慨，而心胸開

閎。

夏公一生的通信量極大，是個罕見的偉大「書信人」（我這裏把「文人」man of letters另類地翻譯為「書信人」）。師母開懷暢言，還開箱送了二夏書信集精裝一大冊給我們。1969年10月，我開始與夏教授通信；直至2010年左右，他給我的信，連同聖誕卡，可能多達一百封。聖誕卡上，一般文化界的「大款」，可能只寫下款，甚或只印上大名。夏公則是以蠅頭小行書在卡上寫個半頁，常常是更多，有時把整個聖誕卡幾頁上圖畫之外空白的地方都寫滿了。他略述近況，還有垂詢、鼓勵與稱許的話；還談學問，每每涉及學界與文壇的一些事情。我留美七年，1976年取得博士學位後回香港教書，翌年出版第一本拙著。夏公知道我快要出書的消息，主動給我寫序，序的首句是：「為了寫序，最近把黃維樑八年來寄給我的一大束書信重溫一遍。」1969年我剛大學畢業，這樣一個年青小子的信件，他竟然都保留著，我怎能不感動？

——以上撮錄自近三年來的訪問記和自己寫的文章

2016年10月附記

余光中篇

璀璨的五采筆

　　余光中是20世紀中國詩文雙璧的大作家，手握五色之筆：用紫色筆來寫詩，用金色筆來寫散文，用黑色筆來寫評論，用紅色筆來編輯文學作品，用藍色筆來翻譯。他於1928年出生於南京，祖籍福建永春。1950年到台灣，詩名文名漸顯，至60年代奠定其文壇地位。數十年來作品量多質優，影響深遠，凡有中文書店的地方，就有人買其作品、誦其作品，其詩風文采，構成20世紀中國文學璀璨的篇頁。

　　他生活於學府與文苑之間，除了抗戰時期逃過難之外，歲月沒有受時代風雲直接而災難性的影響，但他敏感善察，與時代社會共呼吸，其彩筆常常觸及民族以至全人類的痛苦經驗。他詛咒文革，把它喻為「梅毒」（見《忘川》）；他責備人類對環境的破壞，說臭氧層蝕穿這類「天災無非是人禍的蔓延」（見〈禱女媧〉）；儘管20世紀科技發達、文明進步，然而，有時「惶恐的人類無告又無助」（見〈歡呼哈雷〉），備受種種威脅。余光中的作品，有時透露了一種深沉的悲劇感。

　　不過，如果余光中只是敏感善察，以作品反映時代社會，而

缺乏富贍的想像、精湛的學養、創造性的文字功力，則他就不成其為余光中了。他是鍾情、多情於世間萬事萬物的作家，天文地理、藝術人生都灌注了他的文思詩情。然而，文學是文字的藝術，文學離不開文采；余光中這位文學家的成就，彰彰明甚的是「采」。他情采兼備，而「采」使其「情」得以傳之久遠，使其「情」通達讀者的心。余光中這個名字，用我的話來解釋，代表的是光彩奪目、光華四射的中文。他筆下總是藻采斐然，奇比妙喻飛翔於佳章麗句之間，加上曾一度刻意創新詞組句法，其散文創作號稱余體，60年代以來，吸引了台港海外以至國內老中青各類讀者。王鼎鈞說余氏的散文「煥發了白話文的生命」，「他的修辭方法成為時尚」。[1]柯靈80年代初期首次讀余氏散文，非常驚喜，「自此銳意搜索耽讀，以為暮年一樂」。[2]其他作家或學者如鄭明娳、沈謙、流沙河、李元洛、何龍、雷銳等，都先後成了余氏散文的忠實讀者。我早在讀大學時期開始看他的〈逍遙遊〉、〈咦呵西部〉諸文，眼界大開，驚訝於這樣博麗雄奇的大塊文章。我當時的喜悅、自信，比英國詩人濟慈初窺蔡譯《荷馬史詩》要大得多。下面引號內是〈逍遙遊〉的片段，跟著是我的解說。

「怒而飛，其翼若垂天之雲，搏扶搖而上者九萬里。噴射機在雲上滑雪，多逍遙的遊行！」噴射飛機這現代發明，與古代《莊子》逍遙之旅聯結在一起，這靠的是學養與想像。

「曾經，我們也是泱泱的上國，萬邦來朝，皓首的蘇武典多少屬國。長安矗第八世紀的紐約，西來的駝隊，風砂的軟蹄踏大漢的紅塵。」寥寥幾句就具體地寫出了漢唐盛世。長安是當時的國際大都會 (cosmopolitan)，猶如今之紐約。「矗」字用得簡勁，形象鮮明。金聖嘆如果起於九泉，一定稱妙稱絕。

「曾幾何時，五陵少年竟亦洗碟子，端菜盤，背負摩天樓沉重的陰影。而那些長安的麗人，不去長堤，便深陷書城之中，將自己的青春編進洋裝書的目錄。」1960年代台灣青年留學美國之風極盛，留學生文學應運而興。吉錚、於梨華、白先勇、張系國等在其小說中反映留學生的生活憂喜和文化衝突。論意象之醒目、歷史感之深厚，上引余光中的詩化文句，怎能不是留學生文學的首選？1980年代開始，噴射飛機載負另一批五陵少年和長安麗人從西安、上海、北京到美國，而且更為「怒而飛」，更為壯觀，他們同樣「背負摩天樓沉重的陰影」，同樣「將自己的青春編進洋裝書的目錄」。錢寧寫的《留學美國》一書，大可把上引的句子錄於扉頁。余光中以詩為文，普通讀者覺得「將自己的青春編進洋裝書的目錄」雋句新妙；諳於文學理論的人，自然可以談談這類句子的「陌生化」(defamiliarization) 效應。

「當你的情人已改名瑪麗，你怎能送她一首菩薩蠻？」短短這個句子，金聖嘆一定又要嘆為才子的大手筆。這裏藏了一個愛情

故事,可能濃縮了於梨華、白先勇留學生小說的內容;這裏藏了一篇文化論文,可能概括了劉述先、杜維明中西文化論述的要義。情人不再叫做淑儀、自珍了,她取了洋名瑪麗,可能更認識了洋人彼得或保羅。她已陶醉在 Peter,Paul and Mary 樂隊的旋律中,你再送她一首〈菩薩蠻〉這樣的國粹,她還領情,還傾心嗎?這裏引述的〈逍遙遊〉片段,順著次序,一小段一小段地引。在此之前,該文還有下面的句子:

「腳下是,不快樂的 Post-Confucian 的時代。鳳凰不至,麒麟絕跡,龍只是觀光事業的商標。八佾在龍山寺淒涼地舞著。聖裔饕餮著國家的俸祿。龍種流落在海外。《詩經》蟹行成英文。……這裏已是中國的至南,雁陣驚寒,也不越淺淺的海峽。雁陣向衡山南下。留學生向東北飛,成群的孔雀向東北飛,向新大陸。有一種候鳥只去不回。」鳳凰、麒麟、龍、雁、孔雀在這裏飛著,繽紛復淒涼,繪成一個中國文化不快樂的時代。

〈逍遙遊〉寫於1964年,在余氏赴美教書兩年的前夕。1966年他寫了〈登樓賦〉,文采粲然超越了王粲,而其淒涼愁懷則一。余光中在紐約登上帝國大廈,登高能賦,一抒鬱結:「你走在異國的街上,每一張臉都吸引著你,但是你一張也沒有記住。在人口最稠的曼哈頓,你立在十字街口,說,紐約啊紐約我來了,但紐約的表情毫無變化,沒有任何人真正看見你來了。……紐約有

成千的高架橋、水橋和陸橋，但沒有一座能溝通相隔數英寸的兩個寂寞。……終於到了三十四街。昂起頭，目光辛苦地企圖攀上帝國大廈，又跌了下來。」這裏兼有王粲和卡繆（Albert Camus）兩種異鄉人的情懷，既是鄉土的，也是存在主義的，真是載不動許多愁。不過，我這裏不憚煩地引述，主要目的仍在說明余氏的藻采：它生動生輝的文字。

同年寫作的〈咦呵西部〉，其陽剛的動感，成為余體文的明顯標記。余光中暫時拋卻文化的憂愁，融入美國西部遼闊的風景：「咦呵西部，多遼闊的名字。一過米蘇里河，所有的車輛全撒起野來，奔成嗜風沙的豹群。直而且寬而且平的超級國道，莫遮攔地伸向地平，引誘人超速、超車。大夥兒施展出七十五、八十英里的全速。霎霎眼，幾條豹子已經竄向前面，首尾相銜，正抖擻精神，在超重噸卡車的犀牛隊。我們的白豹追上去，猛烈地撲食公路。遠處的風景向兩側閃避。近處的風景，躲不及的，反向擋風玻璃迎面潑過來，潑你一臉的草香和綠。」上引的「撒野」、「豹群」、「犀牛隊」、「撲食公路」、「潑你一臉的草香和綠」真是活脫脫的語言，彰顯了比喻大師的本色。

〈逍遙遊〉、〈登樓賦〉、〈咦呵西部〉寫中西文化，寫異國情懷與風光，為中國現代散文的內容開拓新領域；其銳意鑄造新詞彙新句法，為中國現代散文的藝術提升新境界。加上〈鬼雨〉、〈聽

聽那冷雨〉等，建立了余氏文豪的地位。身處文化交鋒交匯的多元文化 (multiculturalism) 時代，余氏以其抒情彩筆，縱橫捭闔，締造了一個中西古今交融的散文新天地。在20世紀中國作家中，大概無人能出其右。他的散文傑構實在太多了，讀者自行品嘗吧，〈高速的聯想〉、〈催魂鈴〉、〈飛鵝山頂〉、〈何以解憂〉等等，自然是不能錯過的。余氏色彩璨麗的散文，為他贏得了名氣，也賺到了可觀的潤筆。他用金色筆來寫散文。

余光中的散文不同於魯迅、周作人、朱自清、徐志摩等五四以來的散文，他的詩也不同於聞一多、何其芳、卞之琳等的新詩。半個世紀中，余光中寫了近千首詩。〈等你，在雨中〉細繪池畔小情人的等待，〈歡呼哈雷〉宏觀星際大宇宙的滄桑，其時代人生詠物寫景題材的廣闊，可謂遙領20世紀中國詩人的風騷。西方現代詩人有這樣博大題材的，可能也不多見，甚至沒有。例如，一代宗師、得過諾貝爾獎的艾略特，其作品數量及題材廣度，就不能與余氏相比。

「雖多亦奚以為？」作品數量及題材廣度自然絕非大詩人的充分條件。文學是文字的藝術，詩是文字藝術中的藝術。一切的詩心詩情詩教，必須有詩藝來承托，來增華，才成為真正的詩。賦比興是詩藝的基本，中國人說了兩千多年。亞里士多德認為創造比喻是天才的標誌；雪萊直截了當地指出：「詩的語言的基礎是比

喻性。」余光中敏於觀察，長於記憶，善於聯想，加以學養豐富，最能發現此物和彼物的關係，賦予甲物乙物新意義。他正以比喻性語言寫詩，而他是比喻大師，像荷馬、莎士比亞、蘇軾、錢鍾書一樣。

他的很多首詩，一發表就傳誦，如〈我之固體化〉、〈鄉愁〉、〈民歌〉、〈白玉苦瓜〉、〈歡呼哈雷〉、〈控訴一支煙囪〉、〈珍珠項鏈〉、〈紅燭〉等等，為什麼？我想，原因之一，是它們都用了比喻。比喻是詩歌的翅膀，是孔雀的翠屏。去掉了翅膀，詩歌飛揚不起來；去掉了翠屏，孔雀這美麗的鳥就被解構了。下面是〈我之固體化〉：

在此地，在國際的雞尾酒裏，

我仍是一塊拒絕溶化的冰 ──

常保持零下的冷

和固體的堅度。

我本來也是很液體的，

也很愛流動，很容易沸騰，

很愛玩虹的滑梯。

但中國的太陽距我太遠，

我結晶了，透明且硬，

且無法自動還原。

此詩寫於1959年，余氏當時在美國愛奧華大學的作家寫作室。同班有不同國籍的作家，「國際的雞尾酒」指此。余氏遠離祖國，在異鄉作客，有此冰冷的感覺。余氏在此詩用了一個精彩的比喻：把自己形容為冰塊。〈民歌〉寫於1971年，分為四節，如下：

傳説北方有一首民歌

只有黃河的肺活量能歌唱

從青海到黃海

 風 也聽見

 沙 也聽見

如果黃河凍成了冰河

還有長江最最母性的鼻音

從高原到平原

 魚 也聽見

 龍 也聽見

如果長江凍成了冰河

還有我，還有我的紅海在呼嘯

從早潮到晚潮

 醒 也聽見

 夢 也聽見

有一天我的血也結冰

還有你的血他的血在合唱

從Ａ型到Ｏ型

　哭　也聽見

　笑　也聽見

　　流沙河對此詩有極精到的析評。他說：「紅海喻血液在體內，象趣迷人。」[3] 又說：「四段四層，層層進逼，銳不可擋。」確實如此。從黃河到長江，由北至南，地理與氣候配合。流沙河極言此詩格式嚴密。誠然，像余氏新詩脈絡清晰、結構嚴密、明朗可讀的，極為罕見，多的是朦朧糾纏晦澀的分行散文。余氏的詩，可讀且耐讀。「從青海到黃海」，「從高原到平原」，「從早潮到晚潮」，「從Ａ型到Ｏ型」，有對稱之美，且一如流沙河說的用詞仿如「天造地設」。我還可指出，「魚也聽見／龍也聽見」顯示了作者的非凡功力。杜甫在長江之畔寫〈秋興〉八首，有「魚龍寂寞秋江冷，故國平居有所思」之句，余氏的魚龍等語，默默用典，善讀詩者沿波討源，可上溯至老杜感時憂國的詩心。流沙河說〈民歌〉中「民是中華民族，歌是聲音，民歌就是中華民族的聲音」，其「悲壯情懷貫徹全篇」。可以說，若非詩人的詩藝貫徹全篇，作品就不可能發揮悲壯感人的力量。

〈控訴一支煙囪〉是環保詩，發表後引起很大的迴響，對高雄市改善空氣質量有積極的作用。這首詩的社會功能，與其藝術魅力有關。污染空氣的工廠煙囪，被斥為「像一個流氓對著女童／噴吐你滿肚子不堪的髒話」，它「把整個城市／當做你私有的一隻煙灰碟」，害得「風在哮喘，樹在咳嗽」，「連風箏都透不過氣來」。在〈珍珠項鏈〉中，把夫妻生活及其感情濃縮為三粒珠子：「晴天的露珠」、「陰天的雨珠」、「分手的日子……牽掛在心頭的念珠」。這些珠子「串成有始有終的這一條項鏈」，用來送給太太，在他們的三十周年結婚紀念日。〈紅燭〉也寫夫妻的恩愛，把二人比喻為一對紅燭，一直並排燒著，從年輕的洞房之夜開始，到如今。「哪一根會先熄呢，曳著白煙？／剩下另一根流著熱淚／獨自去抵抗四周的夜寒」。文學家銳意創新，例如創造新的比喻。用比喻是文學的常規，用比喻這個理論卻是打不倒，創不了新的。我們可根據所造新鮮妥貼比喻的多寡，作為衡量余氏詩藝的一個標準，正如我們以此檢視中外古今其他作家的藝術成就。余光中絕對是一位比喻大師。

余光中的詩，辭采粲然，而且，章法井然。很多現代詩有句無篇，無政府主義地顛覆了傳統詩歌熔裁組織的法則。余氏的詩，絕不如此，他維護詩藝的典章制度、起承轉合。其詩的結構有多種方式，予人變化有致之美感；至於鬆散雜亂等某些現代詩

人常犯的毛病，在余氏詩集中是絕跡的。他是富於古典主義章法之美的現代詩人。〈民歌〉的結構，上面已稱道過。較長的作品如〈苦熱〉、〈歡呼哈雷〉等，其前呼後應、嚴謹周密處，堪為許多現代主義詩人的正面教材。現代詩的困境之一是讀者少，讀者少的原因之一是詩的內容難懂，難懂的原因之一是結構混亂。余氏的詩明晰、明朗、可讀、耐讀，吸引了讀者，維護了現代詩的名譽。

余光中的詩藝，還見於他建立的半自由體（或半格律體）格式：詩行不很整齊，也不過分參差；押韻，但不嚴格。他還擅於營造長句，下面以〈珍珠項鍊〉的下半篇為例加以說明：

每一粒都含著銀灰的晶瑩

溫潤而圓滿，就像有幸

跟你同享的每一個日子

每一粒，晴天的露珠

每一粒，陰天的雨珠

分手的日子，每一粒

牽掛在心頭的念珠

串成有始有終的這一條項鍊

依依地靠在你心口

全憑這貫穿日月

十八寸長的一線因緣

在這裏，詩行的長短不同，但不太參差。「瑩」「幸」押韻，「鏈」「緣」押韻。而這十一行，合起來是一個長句。這句子長而不冗不亂，具見詩人調遣文字組織句子的功力。而這是與他的英詩修養分不開的。余光中精湛於中英文學，兼採兩個傳統的長處，融合於其作品之中。以下是余夫子的自述：

> 無論我的詩是寫於海島或是半島或是新大陸，其中必有一主題是托根在那片后土，必有一基調是與滾滾的長江同一節奏。這洶湧澎湃，從廈門的少作到高雄的晚作，從未斷絕。從我筆尖潺潺瀉出的藍墨水，遠以汨羅江為其上游。在民族詩歌的接力賽中，我手裏這一棒是遠從李白和蘇軾的那頭傳過來的，上面似乎還留有他們的掌溫，可不能在我手中落地。

> 不過另一方面，無論主題、詩體或是句法上，我的詩藝之中又貫串著一股外來的支流，時起時伏，交錯於主流之間，或推波助瀾，或反客為主。我出身於外文系，又教了二十年英詩，從莎士比亞到丁尼生，從葉慈到佛洛斯特，那「抑揚五步格」的節奏，那倒裝或穿插的句法，彌爾頓的功架，華滋

華斯的曠遠，濟慈的精緻，惠特曼的浩然，早已滲入了我的

感性尤其是聽覺的深處。[4]

由是可見，他的詩融會古今中外，題材廣闊，情思深邃，風格屢

變，技巧多姿，他可戴中國現代詩的桂冠而無愧。余氏用高貴的

紫色筆來寫詩。

積學以儲寶。這是余氏創作中西合璧的基礎，也說明了其評

論視野廣闊的原因。上面說他有五色之筆，以黑色筆來寫評論。

說是黑色筆，因其褒貶力求公正無私，有如黑面包公判案。余氏

具有中西文學的深厚修養，撰寫文學評論時乃得縱橫比較、古今

透視，指出所評作品的特點，安頓其應得的文學地位。文學評論

是余氏的另一項重要成就，在《分水嶺上》、《從徐霞客到梵谷》二

書和其他文章裏，他的表現和專業的、傑出的批評家沒有分別。

余光中還用紅色筆和藍色筆。他是一位資深的編輯，編過文

學雜誌和文學選集。《藍星》、《文星》、《現代文學》、《中華現代

文學大系》等等，其內容都由他的朱砂筆圈點而成。他選文時既

有標準，又能兼容眾家，結果是為文壇建立了一座座矚目的豐

碑。這位編輯在審閱文稿時，一絲不苟，其嚴肅處，有時和批閱

學生的文章一樣。文學是文字的藝術。文字的運用，其精粗高

下，是余氏數十年來日夕關懷的大問題。現代中文深受英文等西

方語文的影響，影響有好壞。使中文豐富、生動的西化，謂之善性西化；使中文臃腫、笨拙的西化，謂之惡性西化。余光中和他的同道同文如蔡思果、梁錫華、黃國彬等，是清通優美中文的「守護天使」，又彷彿是力戰粗劣中文這大風車的堂吉訶德。余氏的論中文西化諸文，氣壯華夏山河，有「文起當代之衰」的力量。

惡性西化的中文，最早出現於翻譯，而「翻譯體中文」的弊端，諸如用字貧乏、濫用副詞詞尾、詞組冗長、濫用被動語氣、盲目搬用繁複彎扭的其他英文句法等，余氏從60年代開始，就口誅筆伐。他從事翻譯、翻譯評論、翻譯教學數十年，主張「要譯原意，不要譯原文」，「最理想的翻譯，當然是既達原意，又存原文。退而求其次，如果難存原文，只好就徑達原意，不顧原文表面的說法了」。[5] 余光中翻譯外國文學作品，卷帙頗繁，詩、小說、戲劇都有，對詩尤其用力用心，有時用心至苦，有如修煉譯道的苦行僧。他的翻譯固然大有貢獻於文化交流，他也以自己的翻譯為例子，說明譯文與惡性西化中文之間可以劃清界限，希望讀者獲得啟示，擇善而從。翻譯始終以信實為第一義，以「譯原意」為基本要求。余氏以藍色筆來翻譯，在色彩象徵中，藍色正具有信實之意。

余光中憑其璀璨的五色之筆，耕耘數十年，成為當代文學的重鎮。五色中，金紫最為輝煌。他上承中國文學傳統，旁採西洋

藝術，在新詩上的貢獻，有如杜甫之確立律詩；在現代散文上的成就，則有如韓潮蘇海的集成與開拓。余氏作品，長銷不衰，享譽於世。近十餘年來，國內紛紛出版其詩集文集，從廣州到長春，大江南北傳誦其作品。這次安徽教育出版社決定出版余光中選集五卷，一為詩集，二為散文集，三為文學評論集，四為語文及翻譯論集，五為譯品集，最能反映余氏文學的全面成就。五彩筆揮灑結晶為五卷書，這是余氏的五經，有五色的璀璨、五音的鏗鏘、五香的濃郁、五金的堅固、五車的淵博，是這位詩宗文豪迄今為止最佳的選集。選集的編輯，由江弱水君倡議，余光中先生同意，安徽教育出版社全力支持。我與弱水商定編選原則與範圍，由他具體抉擇作品。我在上面論述余氏的詩風文采，作為導言。歷來評論余氏詩文者甚多，我先後編輯了兩本書，可供參考：一為《火浴的鳳凰：余光中作品評論集》，台北，純文學，1979年；二為《璀璨的五采筆：余光中作品評論集》，台北，九歌，1994年。

余氏生平，可於多部專著或作家辭典中見到。為了方便本書讀者，現簡述如下。

余光中先生，原籍福建永春，1928年生於南京。在四川讀中學，曾先後在金陵大學和廈門大學的外文系讀書。1950年5月到台灣，9月入台大外文系，1952年畢業。先後任編譯官及大學教

職。1958年到美國進修，參加愛奧華大學「作家工作室」。翌年得該校藝術碩士學位後，回台灣教書，先後任教於師範大學、政治大學，期間曾二度赴美國的多間大學任客座教席。1972年任政治大學西語系教授兼系主任。1974年到香港任香港中文大學中文系教授，至1985年回台灣，在高雄市任國立中山大學教授及講座教授至今，有六年兼任文學院院長及外文研究所所長。

余教授活躍於文學界，經常演講，擔任文學獎評判，曾多次獲得文學獎，包括吳三連、中國時報、國家文藝獎、金鼎獎等頒發之獎項。多年來參與筆會之工作，1990年起任會長。近年多次應邀到大陸演講、訪問。其著譯詩文集等共四十多種。

余氏才學出眾，且用功至勤。他溫文爾雅，早生華髮，而精力健旺。其演講極為吸引人，內容充實、見解精到之外，往往風趣幽默，使人解頤。與三數知己聊天時，常常逸興遄飛，機智靈妙，聽者有如沐春風秋陽之感。他的詩歌朗誦，清晰渾厚，抑揚有致，極具神韻。

光中先生的夫人為范我存女士，育有四個女兒。伉儷二人情愛深篤，余氏的詩〈珍珠項鏈〉和〈三生石〉，寫夫妻之情，一發表就傳誦友朋之間，深婉動人。余家四位小姐，都學業有成，有兩位目前在大學教書。余老先生諱超英，一生致力僑務，1992年年初逝世，享壽九十七歲。余氏母孫秀君女士，早在1958年仙逝；

余氏以新詩誌其墓碑，又常於詩文中提及其母。

余氏有散文題為〈何以解憂？〉，認為除了酒之外，讀詩、誦詩、學外語、翻譯、觀星、旅行等，都有助於解憂。他還喜歡開汽車，美國的高速公路、香港的大街小巷、歐陸的山野古道，以至台灣的南北幹線，都是他馳騁過的。他希望有機會也在楊柳依依的咸陽馬路上，追尋古人的踪跡。

———— 寫於 1998 年春

注釋

1　王鼎鈞：〈如此江山待才人〉，刊於《聯合報‧副刊》，1996年2月14日。

2　柯靈：〈幫助我們增加信心〉，收於黃維樑編著《璀璨的五采筆：余光中作品評論集 (1979–1993)》(台北：九歌出版社，1994)，頁384。

3　本文引述流沙河對〈民歌〉的評語，見流沙河選釋《余光中一百首》(香港：香江出版公司，1989) 一書有關部分。

4　余光中：〈先我而飛〉，刊於上海《文匯報》1997年8月10日。

5　余氏對翻譯、對中文西化的意見，黃維樑有介紹和評論，請參閱黃氏〈余光中「英譯中」之所得〉一文，此文收於黃編《璀璨的五采筆：余光中作品評論集 (1979–1993)》中。

「余光中詩園」導賞

　　大陸西安市的大唐芙蓉園內有詩園，湖南省常德市內有詩牆，岳陽市岳陽樓側的洞庭湖濱有詩碑。台灣高雄市中山大學附中校內也有詩園。上述大陸三地的詩園、詩牆、詩碑，所豎所刻所鑄的，或古代，或古今都有，都是眾多詩人的作品；高雄這所中學內的詩園，獨樹一家，名為「余光中詩園」。這個詩園所展示的余光中詩，是詩人親自選定的，共二十首，分為三部分：體育館圓型校徽旁的牆，三首；其鄰近建築八德館六樓牆壁，一首；八德館側圓型花圃展示架，十六首。詩園在2008年10月19日建成開放，正是余光中先生八十大壽之期。

一　愛的教育

　　第一部分三首中，有〈母難日〉。余先生年幼時，因抗戰走難，和母親相依為命，三十歲時母親去世。他所寫悼念、憶念母親的詩甚多。寫〈母難日〉時，詩人已六十七歲，而母親仍時時在懷想之中。他寫道：「今生今世／我最忘情的哭聲有兩次／一次，

在我生命的開始／一次，在你生命的告終」；「但兩次哭聲的中間啊／有無窮無盡的笑聲」。詩人在自己生日即母難日感念母親的恩典，用極簡潔凝煉的筆墨，通過生與死、哭與笑的對比，點出母愛的主題：母親愛兒子，母子相親相愛，生活愉快，充滿了「無窮無盡的笑聲」。這首詩啟發讀者，要珍惜親子之情，讓生活充滿喜樂。這是愛的教育。

親情之外，詩園還有友情、愛情。其〈郵票〉一詩，詠物兼抒情：「一張嬌小的綠色的魔氈／你能夠日飛千里／你的乘客是沉重的戀愛／和寬厚的友誼」。詩人但願郵票罷工停飛，因為這樣表示「朋友和情人也不再分別／永遠相聚在一起」。佛家以「愛別離」為人生八苦之一，詩人「存好心」（佛光山的「三好」是做好事、說好話、存好心），願天下有情的朋友和戀人相聚不離。

人有悲歡離合。很多戀人從《詩經》時代起，就對情人尋尋覓覓，日夕思念。詩園中的〈風鈴〉，是余光中著名散文〈聽聽那冷雨〉修辭上的濃縮版本，以「叮嚀叮嚀嚀」的擬聲法，「敲叩著一個人的名字」——情人的名字。詩園另一首情詩〈迴旋曲〉，寫男子追戀情人，生死不渝，非常淒美：「在水中央，在水中央，我是負傷／的泳者，只為採一朵蓮／一朵蓮影，泅一整個夏天／仍在池上」。余光中向來重視詩歌的音樂性，曾有論文名為〈豈有啞巴繆思？〉宣示其立場。他的「妙思」（即繆思 Muse）是聲情並茂的

詩歌女神。迴旋曲即rondo，是西方音樂的一種曲式，就主題（theme）作迴環往復的變奏。〈迴旋曲〉分為六節，仿擬的正是這種曲式。在詩意方面它則是《詩經‧蒹葭》「所謂伊人……宛在水中央」的變奏。

詩園中蓮詩連連。〈迴旋曲〉的白蓮，在詩園的〈等你，在雨中〉裏成為紅蓮：「等你，在雨中，在造虹的雨中／蟬聲沉落，蛙聲昇起／一池的紅蓮如紅焰，在雨中」；「一顆星懸在科學館的飛簷／耳墜子一般地懸著／瑞士錶說都七點了。忽然你走來」。此詩有「吳宮」「木蘭舟」「姜白石」這些古典，還有上引的「科學館」「瑞士錶」這些現代。古典與現代融合，構成余光中1960年代的「新古典主義」詩風。〈迴旋曲〉和〈等你，在雨中〉都收在余氏詩集《蓮的聯想》中。讀這些詩，我們聯想到這位現代詩人對古典的兼愛。近幾年余光中屢屢「嗆聲」，反對語文課程削減古典詩文，其情其理，我們大可追溯到他創作中的古典因素。古典是語文中不可匱乏的養分。〈等你，在雨中〉這類詩歌有語文教育的作用；當然少女懷春、少男多情，此詩有溫柔敦厚之風，也有情感教育之效。

二　風物之美・鄉土之情

　　余氏1985年定居高雄，至今二十四年。這位才高八斗的詩雄文傑，自定居以來，即為高雄打氣賣力。詩園中〈讓春天從高雄出發〉是很多高雄人最耳熟眼亮的一首。此詩氣壯水陸，用「潮水」「浪花」「太陽」等與高雄港相關的意象，加上緊扣題目的「春天」和緊扣高雄市花的「木棉花」，氣盛言宜地聲稱：「讓木棉花的火把／用越野賽跑的速度／一路向北方傳達／讓春天從高雄出發」。

　　高雄是台灣的第二大城，余光中高舉「春天先來」的雄旗，奮然上進。台東在台灣諸市中，經濟實力遠在榜首城市之後；余氏發現台東市的清新可愛，以實景實事雄辯地為她擊敗北部和西部的城市。詩園中的〈台東〉說：「燈比台北是淡一點／星比台北卻亮得多」，「人比西岸是稀一點／山比西岸卻密得多」，如此等等。而太陽最早照到台東，所以，「無論地球怎麼轉／台東永遠在前面」。和熱鬧煩囂的大城相比，台東因余光中的觀察和評斷，乃在自然環境的排行榜上榮登首席。論者謂二十世紀的詩人兼批評家艾略特，改寫了半部英國文學史；余光中改寫了半部台灣城市史。

　　台灣的鄉土文學盛極一時。余光中的詩，題材廣闊；他既是

城市詩人也是鄉土詩人，我們還可把很多名號封給他。這裡只説鄉土。他詠過台灣盛產的多種水果，詩園裏的〈荔枝〉是其一。此詩從南台灣路畔的水果攤，寫到唐代華清池所在的驪山，從農婦寫到楊貴妃，兼及蘇軾、齊璜，以至梵谷和塞尚，充分顯示余光中的古典情致和藝術趣味。讀者從甘甜之中啜吸文化營養。詩人一仍其慣技，總是用意象如赤虯珠、白瓷盤等作感性形容；語文科教師講到「裸露的雪膚」和「急色的老饕」時，可能會因為詩句的性感而變得敏感。不過，中學生應已知道人間充滿了色相。在圖騰色相的這個時代，中學生其實早熟了。

詩園裏生產〈荔枝〉，還飛著〈火金姑〉。台語稱螢火蟲為火金姑，名字美麗迷人。詩人在遐思：「多想一個夏夜能夠／一口氣吹熄這港城／所有的交通燈，霓虹燈，街燈／那千盞萬盞刺眼的紛繁／只為了換回火金姑」。他頗懷舊。在享受現代文明之際，他往往悠然思古，要返回純樸的鄉土田園。余光中喜愛眼前的鄉土風物；對數十年前的故園家國，則鄉愁濃烈。懷舊和鄉愁，在英文中同為一詞即 nostalgia：喏，思大家啊！名為余光中詩園，自然不能沒有名聞遐邇的〈鄉愁〉和〈鄉愁四韻〉。「而現在／鄉愁是一灣淺淺的海峽／我在這頭／大陸在那頭」四行，道出了很多寶島人士曾有的傷感。詩情引起共鳴，加上其他的因素，〈鄉愁〉成為余光中最著名的詩。在百年後的中國文學史中，此詩的名望地位

可能跟在李白的〈靜夜思〉之後。他的〈鄉愁四韻〉，以長江水、海棠紅、臘梅香為詠嘆的意象，鄉土性濃郁，迴環複沓，韻味悠長，比〈鄉愁〉更見經營之功。不過，〈鄉愁〉已成為余光中這位詩人的名片。他曾半開玩笑地說：「〈鄉愁〉是張大名片，蓋過他整個詩人的面目。」〈鄉愁〉和〈鄉愁四韻〉的故鄉情之外，詩園裏的〈民歌〉更有強烈的國家民族之情。詩人和他的同胞，像江海的浪濤一樣，要發出民族雄壯的聲音，永不止息。詩中黃河、長江等中華民族的象徵昂然出現，詩藝出色，詩名遠播。

三　諷刺社會·思索人生

稱頌高雄春天先來、台東太陽先照，又讚美火金姑之美、紅荔枝之甜，以至詠歎佳人的情韻、鄉土的芬芳，余光中的詩，也有對社會不美不善現象的批評，而其批評常用諷刺性的曲筆。詩園中的〈項圈〉諷刺的是崇洋。兩位時髦小姐相遇時寒暄，所牽的狗也寒暄起來，互詢所繫的項圈的質料。一犬的項圈是銅的，一犬是金的；「露西的愛犬聳一聳肩頭走開，/『而且是美國製的！』」陳幸蕙對此詩的解釋，言簡意賅。她說：「〈項圈〉一詩寫於1954年，當時台灣經濟尚未起飛，人民信心普遍不足，社會瀰漫一股崇洋風氣。余光中此詩以寓言方式，藉兩隻狗僧俗可笑的對話，

深刻諷刺了這種虛榮心理，力道強悍之餘，也為彼時社會現象，留下了一帖文學見證。」

余光中寫過多首環境保護的詩，對空氣污染、獵食稀有禽鳥等現象加以批判。詩園裏的〈警告紅尾伯勞〉屬後者。「鳥仔踏，遍地插」，為的是捕獵紅尾伯勞。「美麗島的天空／現在已經不美麗／貪錢的獵人夠陰險／貪嘴的食客正流涎／貪婪之島夠貪婪」。詩人警告紅尾伯勞，「小心啊莫闖進這黑店」。此詩勸鳥而非訓人，這用的是曲筆；另一方面，詩人說這裏的人貪婪、陰險，這裏成了黑店，則是力數其惡、直斥其非了。誤闖黑店的結果，是雀鳥「落魄在他鄉／一串串，一排排／燒烤的店裡倒著掛」，寫來讓讀者如見其景，正是余光中一向創作的特色。

我們閱歷社會世相，沉思冥想，是非善惡與悲歡離合雜然且紛然；我們時而清醒堅毅，時而疑惑踟躕。詩園裏的〈西螺大橋〉寫於余光中三十歲那一年，詠歎一座橋樑的「力」與「美」，聲言人生應有的抉擇，我們也發現了對命運所感受的一股「神秘」：「……命運自神秘的一點伸過來／一千條歡迎的臂，我必須渡河」。

余氏五十八歲寫〈天問〉時，過了古人所說「四十而不惑」已十八年，但疑惑仍在：霞光、燈光、星光都一一消失了，人的生命也如此；為什麼呢？詩人走時，又是怎樣的光景呢？「是暮色嗎昏昏？／是夜色嗎沉沉？／是曙色嗎耿耿？」詩園裏這首〈天

問〉，告訴青年的讀者，人生複雜哩，我們要慎思明辨啊！余光中的夫人范我存女士，其名字由范父所定。范先生留學法國讀哲學，為女兒取名「我存」，源於哲學家笛卡兒所說的「我思想所以我存在」。屈原早有名篇〈天問〉。從屈原到笛卡兒到余光中夫婦到詩園的青年，都要思索人生的種種問題。

四　從「蒼茫」到「壯麗」

人有生就有死，正如有日出就有日落。詩園裏的〈蒼茫時刻〉說「溫柔的黃昏啊唯美的黃昏」來了，而蒼茫時刻也來了。余光中形容「滿天壯麗的霞光／像男高音為歌劇收場」──一個驚天動地「通感」（synaesthesia）式的比喻；既是收場，就得說再見：「即使防波堤伸得再長／也挽留不了滿海的餘光」。中山大學在高雄西子灣海邊，余光中與海為鄰。正如《文心雕龍》說的「物色之動，心亦搖焉」，海港的夕陽常常在他的心中然後詩中蕩漾。夕陽挽留不了，人的生命也挽留不了。人最終的悲觀在於此。詩園的青年讀者，要知道這個人生的大道理。

青年讀者更要知道樂觀進取、堅毅不拔。詩園裏的〈夸父〉問：「為什麼要苦苦去挽救黃昏呢？」余光中對神話中逐日的夸父說：「何不回身揮杖／迎面奔向新綻的旭陽／去探千瓣之光的蕊

心？／壯士的前途不在昨夜，在明晨／西奔是徒勞，奔回東方吧／既然是追不上了，就撞上」。這裏詩人豪情萬丈，改寫了神話。豪壯之士往往帶有顛覆性、叛逆性。教師和家長在教導青少年循規蹈矩之際，要明白他們的叛逆心理，要適量地包容，甚至要欣賞。詩園裏的〈五陵少年〉寫一個叛逆豪邁的現代李白，他憤怒、哭喊、豪飲，其生猛鮮活，絕不比王維、杜甫〈少年行〉中的人物遜色。

詩園裏最為雄渾陽剛的，是〈五行無阻〉。人必有一死。不論死亡把詩人貶謫到什麼荒遠黑暗的地方，他必回來，什麼路障都阻擋不了。莎劇《漢穆雷特》的主角，因為對死亡充滿疑惑而恐懼，〈五行無阻〉昂然朗唱：

> 風裏有一首歌頌我的新生
>
> > 頌金德之堅貞
> >
> > 頌木德之紛繁
> >
> > 頌水德之溫婉
> >
> > 頌火德之剛烈
> >
> > 頌土德之渾然
>
> 唱新生的頌歌，風聲正洪
>
> 你不能阻我，死亡啊，你豈能阻我

回到光中，回到壯麗的光中

人要樂觀進取，活出壯麗的人生；青少年尤其要得到這樣的鼓勵。「壯麗的光中」，壯麗的人生，這首詩應是余光中詩園的鎮園之作。此詩情志豪壯，意象豐富而精確，結構嚴謹而流暢可誦，是詩教、詩藝的典範。

五　詩園：德智體群美五育

孔子說：「溫柔敦厚，詩教也。」余光中詩園的詩，有溫柔敦厚之篇，已如上述。敘寫母愛、激勵人生、諷刺時弊之作，也都是詩教，或者說德育。詩園的詩，因為述世事、用典故，讀之無疑可增加知識，這是智育。為高雄與台東打氣、稱頌，則可凝聚人心、團結社群，它有群育的功效。寫情人蜜約、荔枝甘甜、螢蟲幻麗，是美的體驗；余光中的詩題材廣闊、情思深遠、想像豐贍、修辭多姿、章法嚴謹，中華現代詩的眾美集於一身；《文心雕龍》說詩之美者「視之則錦繪，聽之則絲簧，味之則甘腴，佩之則芬芳」，余詩即如此；誦讀涵泳詩園裏的篇章，是美育。詩園中諸詩都由書法名家揮毫，這是美上加美。德、智、群、美都有了，五育中的體育呢？在詩園瀏覽吟誦之餘，繞園慢跑，園中體操，或者走樓梯到六樓鑑賞牆上的〈等你，在雨中〉，這些身體的

鍛鍊，就是體育。詩則〈五行無阻〉，園則五育俱全。

詩園的詩，如〈鄉愁〉、〈鄉愁四韻〉、〈民歌〉、〈等你，在雨中〉、〈讓春天從高雄出發〉、〈台東〉等，特別著名，甚至遠近馳名，獲選編入海峽兩岸三地以至四地（大陸、台灣、香港三地加上澳門為四地），以至五地（加上新加坡）、六地（加上馬來西亞）的語文教科書內，或鑄刻立碑於校園、博物館、名勝景點。文首提到的常德和岳陽詩牆、詩碑即有〈鄉愁〉。詩教詩藝俱備，德智體群美五育俱全，從〈鄉愁〉至〈五行無阻〉，余光中詩園沐在一片溫柔而「壯麗的光中」。

【附記】2009年五月初，我在高雄，在中大附中黃德秀先生的領引下，參觀了詩園。他是詩園的創意和策劃者，對詩園的建成，貢獻至大。詩園的建成，也為了慶祝附中五十周年校慶。本文成於是年10月，發表於兩岸三地多份報章。

余光中〈鄉愁〉的故事

一 〈鄉愁〉傳遍四海五湖

1972年1月21日，余光中在台北廈門街家裏，寫了〈鄉愁〉，只用了二十分鐘。二十分鐘的腦力勞動，影響持續了三十多年，遍及四海五湖，感動了億萬個炎黃子孫，近年則引起一些評議。

〈鄉愁〉發表後，最早予以好評的，應是陳鼎環。陳在《台灣時報》1972年3月29、30日發表〈詩的四重奏 —— 從余光中的《鄉愁》談起〉，說它唱的是「自古至今中國人的繁茂幽深、激盪微妙的鄉愁」。陳氏喜愛此詩，並把它譯為古體詩 (這使人想起余光中的組詩〈三生石〉1991年秋發表後，小說家高陽即把它譯寫為四首七絕)。〈鄉愁〉在台灣、香港等地傳播。1975年6月，余光中在台北參加「民謠演唱會」，同年楊弦譜曲的《中國現代民歌集》唱片出版，內有〈鄉愁〉等詩。這應是〈鄉愁〉首次被譜曲成歌。

〈鄉愁〉面世近十年後，於1980年代初登上大陸，在內地傳播，而且是熱播。香港作家劉濟昆說他把余光中等台灣詩人的詩集，寄給四川詩人流沙河，流沙河把〈鄉愁〉等詩交給大陸的報刊發表。長沙的詩評家李元洛偶然讀到報紙上登載的〈鄉愁〉，又讀

到余氏的另一首詩〈鄉愁四韻〉，於是撰寫〈海外遊子的戀歌〉一文，賞析此二詩。此文刊於大陸的《名作欣賞》1982年第6期，翌年香港的《當代文藝》轉載。李氏徵引中西詩歌以助說明，指出這兩首詩是「海外遊子深情而美的戀歌」。李文說：「〈鄉愁〉在國內的一些文藝集會上朗誦過。」然則李氏撰文時，這首「戀歌」已傳誦了。

筆者於1984年夏天在北京拜訪錢鍾書先生，錢氏說，他曾在《人民日報》上讀到〈鄉愁〉。當時我忘記了問是何年何月的事。袁可嘉1998年在紐約寫的〈奇異的光中〉一文說，在余氏〈臘梅〉、〈呼喚〉、〈鄉愁〉諸詩中，他最愛〈鄉愁〉，「此詩經中央人民廣播電台播出後，已是家喻戶曉」。袁文沒有說明何時播出，我相信是距袁文寫作很多年前的事了。《人民日報》刊出，人民電台播出，此詩廣泛被人民目睹耳聞，不必多說。使〈鄉愁〉更家喻戶曉的，應是「春節聯歡晚會」的演出。每年農曆大除夕，中央電視台第一套（台）有數小時的表演藝術節目，聽眾以數億計。〈鄉愁〉上「春晚」，據說在1992年。它也上過端午節、中秋節等「夏晚」、「秋晚」和弦歌悠揚的其他晚會。入樂的〈鄉愁〉，有多個版本。大陸的語文科教材，選入了〈鄉愁〉，更使它深入少兒易感之心。此外，大陸學者、批評家撰文賞析〈鄉愁〉及余氏相同主題的其他詩，篇數之多，難以統計。

二 〈鄉愁〉傳播的政治性

〈鄉愁〉的「愁」，有兩種：①與親人生離死別後的愁懷，此詩首三節所寫的。②離開故鄉祖國後的愁懷，此詩末節所寫的。余光中自己曾把〈鄉愁〉譯為英文，題目定為 Nostalgia。Nostalgia 在英文中有兩個意義：(a) 懷念過去的人、事、物；(b) 懷念親人、故鄉。人有懷舊之情，譬如在電氣化火車時代，懷念噴煙的火車；在冷氣機時代，懷念搖著扇子在天井乘涼的日子；在周杰倫風行的年代，懷念周璇的舊歌。這懷舊的意義，包含在 nostalgia 的 (a) 之內。余光中的〈鄉愁〉，其意義和 nostalgia 一詞並不全同。相同之處為：懷念親人、故鄉。不同之處為：〈鄉愁〉沒有「懷」念「舊」時事物之意；〈鄉愁〉之「鄉」明顯有家國之思。

〈鄉愁〉在中國大陸唱遍大江南北，余光中另一首詩〈民歌〉所希望做到的——從黃河至長江，從高原到平原，從青海到黃海，魚也聽見，龍也聽見，夢也聽見，醒也聽見——〈鄉愁〉做到了。〈鄉愁〉處處聞的原因很簡單：大陸的政府和民間，都希望台灣早日回歸大陸，完成兩岸統一大業；台灣有人懷念大陸，大陸當政者當然認為應該讓這個心聲在大陸內外廣為傳播，以加強宣傳統一大業的正確性以至迫切性。此外，此詩屬歌謠體，意象鮮明，曉暢易誦，詩意乘著音樂的翅膀，就更容易飛入尋常百姓家了。

〈鄉愁〉之傳播，有其政治性。這政治性在2003年到達高峰。中國國務院總理溫家寶該年12月訪問美國，在多個場合宣示其兩岸和平統一的主張和政策。8日溫氏在紐約與僑界代表晤談時，解說台灣問題一貫的政策外，還說：「這一灣淺淺的海峽，確實是我們最大的國殤、最深的鄉愁。」〈鄉愁〉已是名詩，余光中已是名詩人，溫家寶這一席話，把詩和詩人的名向上推得更高，一夕間名滿天下。各地華人社會的傳媒都報導溫氏引詩的事。這裏只說台灣幾份報紙對此事此詩此詩人的評述。

　　9日《聯合報》的「A3焦點」版作頭條處理。通欄的大標題是：〈溫家寶先硬後軟：台灣是最深的鄉愁〉。頭條的內文包括這樣的句子：「溫家寶並以中共領導人少見的感性口吻，引用余光中的詩〈鄉愁〉……溫家寶這番軟性言語，讓不少在場僑界人士為之動容。」頭條之外，還闢欄附一短文〈余光中的鄉愁〉，內文為此詩全文，以及相關的評介：溫的「感性談話，讓各界人士強烈感受到他的『溫氏柔情』。」又說余是「風靡海峽兩岸的詩人」，其〈鄉愁〉等詩，「在大陸廣受歡迎」。

　　同日《中國時報》「A3焦點新聞」版頭條報導溫家寶談話內容，頭條的小標題有「向僑界喊話『淺淺的海峽是最深的鄉愁』」字句，內文說溫氏引此詩句，是溫的「感性喊話」。同版還有余光中的訪問記，其大標為〈余光中：鄉愁是對大陸的懷念〉。記者

指出：「余光中昨日（8日）甫接受香港中文大學榮譽博士學位返台，他說並不知道溫家寶的談話內容與場合」。余大略聽了溫的談話內容後，向記者說他的感想，包括：從〈讓春天從高雄出發〉在政壇高唱多時，到這次的〈鄉愁〉，「我的詩給政治人物用，也很多次了」。訪問記還介紹了〈鄉愁〉的背景、涵義，以及流傳的情況。

「詩給政治人物用」，這話可圈可點。9日的《聯合報》和《中國時報》，在報導溫家寶談話的版面，都有另外的報導，引述行政院發言人林佳龍的話。他說：「我們（台灣）的人民不能接受以犧牲國際人格，接受武力威脅來祭他們的鄉愁」。同日《聯合晚報》第二版有「鄉愁」的後續報導。它引述總統府公共事務室主任黃志芳的話，他說「中共這麼多飛彈」對著台灣，「這一灣海峽是最大的陰影與最大的壓力」；民進黨副秘書長李應元則說：「承載著496顆飛彈的鄉愁太沉重，也太冰冷了點」；前總統李登輝「被問到溫家寶的說法時」，對「鄉愁」二字似乎不了解，問道：「啥米鄉愁，啥米意思，啥人講的」（鄉愁是什麼意思，誰講的）。《中時晚報》只引述二李的話，內容差不多。

由上述林、黃、李三人的話看來，溫家寶所說的「鄉愁」，並不「感性」、「軟性」、「柔情」，而是「沉重」、「冰冷」的。12月9日《自由時報》「自由廣場」版有評議「鄉愁」的九篇詩文，10日同報

同版另外有八篇詩文，同日《台灣日報》第二、三版有三篇文字，其作者感覺到的，也絕不是「軟性」的「柔情」。

眾多對「鄉愁」的評議，可歸納為幾種意見。第一種是質詢溫家寶：他「生長在中國」，「他不是台灣人」，何來對台灣的鄉愁？進而批評溫氏，說他「太過矯情」。再進一步，評議者認為「中國領導人」即使對自己的家鄉，也無「鄉愁」可言，有的只是「權愁」，而現在他們希望「把權力伸到台灣」，他們對台灣的「鄉愁」實際上是權愁。可附屬在這裏、與「鄉愁」有關的一種意見是：「台灣海峽最狹窄處僅有120公里，的確是一灣淺淺的海峽，但它對台灣人民的意義，既不是國殤，也不是鄉愁，而是有著國防意義的『護國河』！感謝上帝，讓我們與中國這個惡鄰還間隔著台灣海峽。」而「國殤」是什麼呢？有一個作者說：「三面紅旗、大躍進、人民公社、文革……才是國殤。」

第二種意見是「一如余光中，台灣部分外省族群，心中懷著對中國思念的鄉愁，多數台灣人民絕對可以理解。」

第三種意見是，台灣人對中國的鄉愁已經沒有了：「虎狼之心如暴秦，併滅台灣未曾停。只有國恨年年深，鄉愁早已化煙雲。」

第四種意見是：台灣人對台灣的鄉愁，「是一度被國民黨限制回台的黑名單（上的人士），只能在他鄉唱〈黃昏的故鄉〉、〈望春風〉等。」

第五種意見是：台灣人有鄉愁嗎？「答案是沒有。我只有深耕台灣的心：鄉愁是祖先遙遠的思念，不是我的」，「七家灣溪的水域才是家」。

　　上述種種意見，全面顛覆了溫家寶的說法，徹底解構了他說的「鄉愁」。除上述之外，還有文章要解構〈鄉愁〉及其作者余光中。曾貴海在題為〈拒讓海峽成為台灣人的國殤與鄉愁〉(該文文末附作者簡介，謂曾是台灣南社社長、台灣筆會會長)的文章中，有下面的內容：

　　①「當溫家寶在美國高唱『一灣淺淺的海峽，是我們最大的國殤，是我最深的鄉愁』時，隔著廣大的太平洋，台灣卻有一位享有盛名，被台灣山河大地的米糧和納稅錢供養了一輩子的詩人余光中，掩不住心中的歡喜，說那是他被援用的詩，儼然以中國的桂冠詩人自居，令人有不知我國是何國，不知台灣是何物的悲涼哀戚！」

　　②「溫家寶和余光中當然不能了解台灣人內心深處生命之火的希望，更不能代表台灣人的心聲。余光中想用詩來完成他的名份賦予他宿命中的使命——光大中國。這是他在戲弄青春期的大學生，歌頌蔣家王朝，嘲弄李登輝，享受名聲與權利之後的至高使命，看他高傲的獨行在中山大學海灘，吟唱著鄉愁與國殤時，志得意揚的表示這是從兒時記憶發展出來的感人內容。」

③「相對余光中的隔海對唱及中國情懷，我想竄改余詩來表達台灣人的心聲：一灣淺淺的海峽／是無根浮萍的鄉愁／是我們夢魘的國殤。」

曾氏不認同中國大陸和溫家寶。他說余光中因其詩被引用而「掩不住心中歡喜」、而「志得意揚」，其貶抑余光中之意更為明顯。曾氏可能不知道〈鄉愁〉的寫作年份，可能知道而有意誤導讀者，使人以為〈鄉愁〉是余氏新近的作品，再因此而使人以為〈鄉愁〉是一首政治詩甚或政治表態詩，這一點卻不能不加以澄清。

曾氏說余光中與溫家寶「隔海對唱」，說余「高傲的獨行在中山大學海灘，吟唱著鄉愁與國殤」。這些說法極可能導致讀者誤以為〈鄉愁〉是余氏新近所寫的。事實並非如此。余光中1972年寫作、發表〈鄉愁〉，十三年後即1985年，才到高雄中山大學任教。至於說余氏「高傲的獨行在中山大學海灘，吟唱著」他的舊作〈鄉愁〉，只是想當然耳。

中國大陸的文化大革命由1966至1976持續了十年。余光中寫了多首詩明批或暗諷這場「革命」，他絕不認同當時的政治。1972年所寫〈鄉愁〉有「我在這頭／大陸在那頭」之句，這除了鄉土之愁外，還有家國之思。這家國之思是對國家民族、歷史文化的懷念，與政治無關。〈鄉愁〉不是一首政治詩，更不是政治表態詩。曾氏這篇〈拒讓〉卻從政治角度去解讀——事實上是誤

讀——〈鄉愁〉，讓它為曾氏的政治需要所用。(曾文中另外的一些說法必須釐清。第一段有「被台灣山河大地的米糧和納稅錢所供養了一輩子的詩人余光中」等語。這裏要指出：(一)余光中繳稅，他也是納稅人。(二)余吃台灣的米糧，而他感恩，他咏台灣水果，感念「泥土的恩情」(見〈蓮霧〉一詩)；他寫成〈墾丁十九首〉，以「歌頌這半島的壯麗與天地的慈恩」。(三)「一輩子」的算法不確。余二十二歲才從大陸遷抵台灣居住，而之後余曾在美國先後居住五年，在香港十年。此外，第二段「歌頌蔣家王朝」一語弊在誇張。余氏數十年詩作共約千首，其中只有〈送別〉一詩與蔣家有關，那是悼念蔣經國的，寫於1988年1月下旬，在高雄的集會上朗誦，詩中把他視為人民的朋友。

三　余光中成為「鄉愁詩人」

2003年9月中旬，余光中在福建參加一系列活動，包括回家鄉永春。《台港文學選刊》事前為他編輯的特輯，在9月號推出。這期的封面，引〈鄉愁〉不用說，還以〈鄉愁的滋味〉為副標題。10月21日，他在江蘇省常州市(余母和余太太都是常州人)度過75歲生日，翌日《北京青年報》報導此事，大字標題是〈余光中誦詩解鄉愁〉。記者寫道：20日下午，余與劇作家「蘇叔陽進行了中

國文化、鄉愁……的對話」。一片〈鄉愁〉。過了個多月，在12月8日，香港中文大學頒授榮譽文學博士學位予余氏，其贊詞沒有忘記稱他為「鄉愁詩人」，彷彿這四個字就寫在當日典禮的禮袍和方帽子上面。就在這一天，溫家寶在美國和僑界晤談時，引了〈鄉愁〉的句子，於是「鄉愁詩人」更名正言順地成為余光中的標誌，或者可以說是他的桂冠了。

12月中旬，余氏在海口市演講，《海南特區報》頭版報導此事，小標題說「溫家寶總理訪美時引過他的〈鄉愁〉詩」，引詩的新聞依然新鮮。

《余光中集》九卷本由百花出版社推出，華中師範大學教授黃曼君2004年3月為文評介，題目是〈「鄉愁」後面的「重巒疊嶂」〉。

2005年2月下旬，農曆元宵節，余光中在成都參加詩歌盛會。2月24、25日的《成都商報》、《成都晚報》、《華西都市報》刊登一幅又一幅的大大小小的余氏彩色照片；「激情對話」、「激情吟詩」、以及「引領蓉城詩歌狂歡」的字眼充滿了版面，瀰漫著嘉年華的歡愉氣氛，而〈鄉愁〉的詩句，唱誦〈鄉愁〉的報導，也充滿著、瀰漫著，因為四川是余的第二故鄉，余是「鄉愁詩人」。記者還鄭重其事地寫下了余氏披露的〈鄉愁〉「創作內幕」：這首詩只用了20分鐘就完成。同年10月，余光中到了重慶悅來場，24日《重慶晚報》頭版新聞的標題為：「闊別60載余光中回故里詩性大

發」。上海出版的《咬文嚼字》月刊，在2006年3月號刊出文章，咬住錯別字；文首介紹在重慶「詩興大發」的余光中時，說他是「中學《語文》教材〈鄉愁〉一詩的作者」。《重慶晚報》報導余光中的回鄉活動，下面的事情，大概沒有報導出來。余氏這次重慶之旅，曾在路上被一個教師認出，這個教師立即集合他帶著的學生，齊齊站在余氏面前背誦〈鄉愁〉。大概在世紀之交的時候，陳幸蕙已這樣寫道：「整個華文世界，許多人認識余光中，⋯⋯是從他的鄉愁詩〈鄉愁〉開始的」；我們幾可謂「有華人處即有〈鄉愁〉一詩」，「其所具『大眾性』與在華文世界普及率之高，於現代詩壇恐無出其右」。

這樣，詩就是詩人，〈鄉愁〉就是余光中了。〈鄉愁〉之外，儘管余氏還寫了很多狹義或廣義的鄉愁詩；然而，「鄉愁詩人」只是個小小、窄窄、淺淺的稱號。他的詩之天地，其實是非常廣闊的。「鄉愁」這項桂冠太小了，不合這個博大型詩人戴上。余光中要「摘帽」，乃有一個可名之為「淡化〈鄉愁〉」的行動。在近年各地的很多個場合，除非被力邀，他並不主動朗誦〈鄉愁〉。

2006年2月初，余光中驛馬星又動，文旌東渡至加州洛杉磯。美國西岸的《世界日報》在1月28日預告余氏蒞臨洛城的消息，有關的報導，一開始就是「小時候／鄉愁是一枚小小的郵票」這首詩。余氏夫婦在2月3日飛抵洛城，開始他在此地和幾天後

在德州休士頓的「余光中之夜」和「余光中日」的連串活動。4日的詩歌朗誦「宛如一場語言音樂會」,「聽眾皆沉醉」。翌日眾多華人放棄觀看職業美足的「超級盃(Super Bowl)」而前往聽余演講;余氏「學貫中西」、「妙語如珠」,這場演講被譽為洛城華人社區的「文化超級盃」;11日在休士頓市演講兼朗誦,也是風靡全場。主持人說:「今天休士頓的天空很余光中」。在洛杉磯,余家繡口誦詩聲,散入春風滿洛城,此夜曲中聞什麼?聞不到眾人引頸傾耳想聽的〈鄉愁〉。在休市,詩人也「休」了〈鄉愁〉,至少是讓它休息。在洛城和休市,余光中所誦的詩,當然包括他「扣人心弦」的懷鄉憂國之作,但他誦的是〈羅二娃子〉(用四川鄉音),是〈民歌〉,而非〈鄉愁〉。朗誦〈民歌〉時,他帶動台下聽眾發聲,唱出「副歌」式的「風也聽見,沙也聽見」、「魚也聽見,龍也聽見」……。

超級名詩缺席,詩人幽默地說:「〈鄉愁〉這首詩,像是他的名片,把他整張臉遮住了」;「盼讀者瞭解他其餘的作品」,展現他較完整的面目。

1979年筆者曾用「博麗豪雄」形容余光中的詩文;1998年錢學武出版其《自足的宇宙》,宏觀細察地說明余光中詩作題材之廣闊。「鄉愁詩人」應該只是余光中眾多稱號中的一個。2004年春夏之交,我在武漢華中師範大學演講,解說余光中的詩,題目是〈「鄉愁」之外〉。我們不要因〈鄉愁〉瀰漫華山夏水,而看不到余

光中博大如華山夏水的詩文天地。然而，二十世紀中華文學的〈鄉愁〉，其名氣似乎已直追李白寫於八世紀那「低頭思故鄉」的〈靜夜思〉了，余光中難以避免地還要「鄉愁」下去。連他自己也淡化不了。

上面提到2005年秋余光中重慶之旅。抗戰期間，少年的余光中居住在重慶的悅來場。六十年後回鄉，〈鄉愁〉也回來了。在〈片瓦渡海 ——跨世紀的重逢〉中余氏寫道：

> 從前那少年在那山國的盆地，曾渴望有一天能走出山來。但出川愈久，離川愈遠，他要回川的思念就愈強。他要回來再看那沛然的江流、再聽那無盡的江聲，因為那江水可以見證，那是他和母親最親近的歲月。日後他寫的〈鄉愁〉一詩：「小時候／鄉愁是一枚小小的郵票／我在這頭／母親在那頭」，正是當初他寄宿在學校，懷念母親在朱氏宗祠的心情。

〈鄉愁〉實在無法淡出，它的故事將繼續被傳說下去。

【附記】2006年5月20、21日高雄市國立中山大學文學院將舉辦《台灣文化論述：1990年以後之發展》學術研討會。本人將參加會議，提出之論文題為 "Poetry and Politics: Receptions of Yu Guangzhong's 'Nostalgia'"。這篇〈余光中《鄉愁》的故事〉為與英文論文配合的中文版本。中、英二文重点有異，內容不盡相同。黃維樑誌，2006年5月11日。

【補記】「鄉愁」欲淡不能，近十年余光中在內地出席各種文學文化活動，主辦者和媒體還是一無例外都提到〈鄉愁〉、朗誦〈鄉愁〉、稱余氏為「鄉愁詩人」。例如，2014年5月29日，余氏參加「2014中國（開封）宋韻端午詩會暨端午文化周」，朗誦其新作〈招魂〉，河南省鄭州市的《大河報》報道這個活動，先全文引述〈鄉愁〉，跟著寫道：「40多年來，余光中的〈鄉愁〉被海內外中華兒女廣為傳誦」，接著才入正題。

「星空，非常希臘」的隨想

　　最近馬來西亞的一位朋友來信，談到詩人余光中先生的名句：「星空，非常希臘。」這位朋友謝君，是中學教師。他說7月初在一個檢討中學華文課程會議中，一位中學華文教師對「星空，非常希臘」有意見，認為是「不可原諒的敗筆」，甚至說這樣的句子「誤人子弟」。謝君向他解釋，但無效。謝君問我：「當一般華文老師提到這個問題時，我們要怎樣回答才比較圓滿呢？」現在我嘗試回答這個問題。

　　余光中這個名句出自他的〈重上大度山〉一詩，詩寫於1961年10月12日。此詩分為四節，第一節的最後三行是：

撥開你長睫上重重的夜

就發現神話很守時

星空，非常希臘

　　向來有不少人談論、背誦、引述這句名句，有時引述錯了，例如變成「天空，非常希臘」。這情形就像卞之琳的四行名詩〈斷章〉引述者眾，卻常常錯引若干字一樣。名句變為訛句，這是無

可奈何的。這名句出自〈重上大度山〉，但此詩卻非名詩：余光中自編的《余光中詩選》、《守夜人》（The Night Watchman）兩本選集都沒有選；劉登翰等編的《余光中詩選》、流沙河選釋的《余光中一百首》，以至陳燕谷等選的《中國結》（余光中詩文選）、盧斯飛著的《洛夫余光中詩歌欣賞》等，也沒有。〈重上大度山〉為什麼不入選集，以及剛才説的名句訛句問題，這裏順筆一提，不細論了。回到主題。

「星空，非常希臘」中，「非常」是副詞，「希臘」是名詞；這樣的構造，用一般的語法規則來衡量，確是不通的。這就像我們説——

「大地，非常中國」

「山水，非常桂林」

「都會，非常紐約」

——「不通」一樣。

然而，我們須知道，詩人享受特權（poet's license），可以創新，可以不理會語法。「禮教豈為我輩而設哉！」這是名士、狂士的豪言；「語法豈為我輩而設哉！」這是詩人、詞客的壯語。翻開《世説新語‧任誕》，我們看到禮法被藐視；翻開唐詩宋詞集子，我們看到語法被打破。杜甫的「香稻啄餘鸚鵡粒」，李清照的「簾捲西風」，都是倒裝句子。王力的《漢語詩律學》，有專論近體詩

語法的部分，其中論及「名詞作形容詞用」的，就有李嘉祐這樣的詩句：「孤雲獨鳥千山暮，萬井千山海色秋。」其中「暮」字、「秋」字都改變了詞性。說到「變性」的著名詩句，相信大家都會記得「春風又綠江南岸」的「綠」字。

「若無新變，不能代雄。」文學就是這樣，詩尤然。多年前，我寫過〈現代詩詩法四變〉一文，綜述現代詩中變形換位的種種修辭法，因為現代詩人十分善變。多變以至濫變，為變而變，變得走火入魔，自然不美不妙；適當的變、中庸之變，卻是詩藝的表現。

善變者可使詩句新巧、靈活、簡練。「星空，非常希臘」的詞性改變──把「希臘」這個名詞當作形容詞用，正是這樣的。在這裏，「希臘」包羅極廣，神話、詩歌、藝術、歷史等等，盡在其中。語法上的詞性改變，更使讀者眼前一亮，慣性被打破了，彷彿突然看到滿天閃爍的星星。〈重上大度山〉一詩發表後不久，就引起批評，有人說「非常希臘」不通。余光中在 1962 年 2 月 5 日寫的〈現代詩：讀者與作者〉一文，已述論了這椿公案。余氏認為：「如此表現，有其必要性，因為無論將末行改成『星空，非常希臘化』，『星空，非常像希臘的星空』，都不美好，也不是作者的原意。」余氏還引述美國詩人愛倫坡的句子：

To the glory that was Greece

And the grandeur that was Rome

指出 Greece 和 Rome 是名詞而非形容詞，因此都不合語法；然而，愛倫坡的句法「簡樸而又耐讀」，不容改動。

數十年前美國康乃爾大學的修辭學教授 William Strunk 寫過《文體要義》(*Elements of Style*) 一書，列述種種清規。不過，他也指出，「最優秀的作家有時也違背修辭法則」，而其違法有創意在焉。余光中是極優秀的現代作家，也是位著名的教授。他沒有開過語法修辭的課，但有這方面的專業知識，更絕對可以寫出四平八穩通順無病的句子。事實上，他數十年來寫的正是清通(當然遠遠不止如此)的中文，且提倡這樣的中文。「星空，非常希臘」不是敗筆，而是偶然出格的佳筆。「誤人子弟」嗎？只要同意上面我所說的，那麼，這一句大有「娛人子弟」之效。

—— 寫於 1996 年

余光中月光中

　　不知道在密密麻麻的網站中，有沒有「月光與詩」這樣的網站。如果有，那麼以下的句子應該收藏在裏面：

那就折一張闊些的荷葉
包一片月光回去
回去夾在唐詩裏
扁扁地，像壓過的相思

這些唯美的文字，在20世紀60年代，從台灣流行到香港，為現代詩讀者所耽讀。在滿月下，文藝青年手執一卷薄薄的《蓮的聯想》，與情人朗誦，喁喁細語何謂新古典主義，誰是余光中。荷葉、月光、唐詩、相思，這首〈滿月下〉中的意象，以及串起來的節奏，就像詩集裏〈等你，在雨中〉那些，最能娛悅年輕人的眼睛和耳朵，為余光中贏得美名。

　　「包一片月光回去」，是誰的月光？是余光中的月光，也是李白的月光。豪邁的李白，在日月星辰中，最愛的不是壯烈的太陽，而是柔麗的太陰。他好像專門徘徊在月光中，用筆蘸著月色

寫詩，或對月懷鄉，或邀月共舞，演奏著今人李元洛說的〈月光奏鳴曲〉。余光中告訴我們，他藍墨水的上游是屈原的汨羅江；應該補充說，也是李白的長江。余光中向李白致意，說「月光還是少年的月光／九州一色還是李白的霜」（〈獨白〉）。他進一步分析李白月光的源頭；在〈尋李白〉中，他尋到了：

酒入豪腸，七分釀成了月光

餘下的三分嘯成劍氣

繡口一吐就半個盛唐

人的五官六感，在余光中這些詩句裏「打通」了──錢鍾書說的「通感」。余光中用采筆寫李白的繡口，這三行豪氣萬丈，眾口交譽，成為現代詩的經典名句，網站應該有此收藏。

　　詩緣情，詩人為情而造文。李白對月多情，自然而然成為月亮的專家。余光中不專攻月亮，似乎對太陽的關注多於太陰。然而，中國歷代的詩人，自《詩經·月出》的作者以來，都戀月甚至拜月；余光中這豐產的詩人，不論夜空中月圓還是月缺，他的作品裏是不缺月的。余光中敘寫夸父逐日、后羿射日、梵谷向日以至哈雷奔日。他在〈五行無阻〉中宣稱大勇者不懼死亡，無論死亡怎樣謫他貶他，都不能阻攔他「回到正午，回到太陽的光中」，「壯麗的光中」。余光中的右手寫太陽，而左手呢，寫太陰。這陰

柔的手至今寫了十多首月亮的詩。

　　他向月亮專家李白致意，但無意與謫仙競賽，最多是靜靜地學習，並希望個別篇章能青出於藍。余光中在四川度過少年的歲月，一定讀過同鄉的名篇「小時不識月，喚作白玉盤；又疑瑤台鏡，飛在青雲端」。以鏡喻月，可能不始於李白；但後人借鏡寫月，還有比向李白借更方便的嗎？1974年，余光中在香港教書，時逢中秋，這位中文系教授感慨百端，張若虛的月照人、蘇東坡的共嬋娟，都湧到他的筆下：

　　冷冷，長安城頭一輪月

　　有一隻蟋蟀似在說

　　是一面迷鏡，古仙人忘記帶走

　　鏡中河山隱隱，每到秋後

　　霜風緊，縹煙一拭更分明

　　清光探人太炯炯

　　再深的肝腸也難遁

　　一面古鏡，古人不照照今人

　　一輪滿月，故國不滿滿香港

　　正戶戶月餅，家家天台

　　天線縱橫割碎了月光

　　二十五年一裂的創傷

何日重圓，八萬萬人共嬋娟？

仰青天，問一面破鏡

湧到筆下的當然還有李白的故鄉情，還應該有向李白借的鏡。我這樣猜想：上述〈中秋月〉一詩中的「迷鏡」、「古鏡」、「破鏡」，應該和李白的「瑤台鏡」有點鏡月緣。

「仰青天，問一面破鏡」。破鏡是個沉痛的意象。1949年之後，多少家庭被分隔在兩岸，不得共聚天倫？家如此，不統一的國亦如此。這正是〈鄉愁〉一詩所寫的：「鄉愁是一灣淺淺的海峽／我在這頭／大陸在那頭」。他的鄉愁，縈繞已久，在1951年寫的〈舟子的悲歌〉中，早有這樣的月光：「昨夜／月光在海上鋪一條金路，渡我的夢回到大陸。」

1974年，大陸文革的餘波未了，秋後霜風淒緊，詩人在香港雖然生活無憂，但國家呢？香港這塊殖民地上，家家戶戶在天台賞月，而天台上電視天線「縱橫割碎了月光」，詩人看到的是一面破鏡。余光中在這裏融情於景，景與情合，詩心通過精當的詩藝表現出來了。

破鏡何時重圓，讓「八萬萬人共嬋娟」呢？發表〈中秋月〉之後十八年，余光中回到了海峽的另一頭。2002年6月，余光中在〈新大陸・舊大陸〉一文中寫道：「自從1992年接受北京社科院的

邀請初回大陸以來，我已經回去過十五次了，近三年來尤密。」余光中登長城、訪故宮，在泰山欲觀日出，臨黃河手掬滄波。這個「雪滿白頭」譽滿神州的詩人，隨意隨時回來重訪他「風吹黑髮」時的故土，而有新的發現：「我回去的是這樣一個新大陸，一個新興的民族要在秦磚漢瓦、金縷玉衣、長城運河的背景上，建設一個嶄新的世紀。」以〈鄉愁〉一詩在內地打開知名度的鄉愁詩人余光中，他的鄉愁已經消了。他「小我」的月鏡已重圓，雖然「大我」的月鏡還在黏合之中。

近年來，月光中的余光中，不再興起濃濃的故鄉情。他在武漢桂子山望月，不再是「何日重圓，八萬萬人共嬋娟？/仰青天，問一面破鏡」，最多是再想起李白與蘇軾：「月色無邊，桂影滿院……/東眺赤壁，坡公正夜遊」。舉頭望明月，低頭思美人；「月出皎兮，佼人僚兮」。余光中的月亮詩完成了特定的時代使命，回到《詩經‧月出》，回到基本的、普遍的象徵。他在七十歲那一年寫了三首月亮的詩：〈月色有異〉、〈銀咒〉、〈絕色〉。在一片美麗的銀咒清光中，詩翁在高雄的西子灣等待西子浣紗歸來：「無邊的月色都由你作主/只等你輕輕的蓮步，一路/是真的嗎，向我迎來」。這是〈月色有異〉。而在〈絕色〉中，月是絕色，雪是絕色——

若逢新雪初霽，滿月當空

下面平鋪著皓影

上面流轉著亮銀

而你帶笑地向我步來

月色與雪色之間

你是第三種絕色

不知月色加反光的雪色

該如何將你的本色

——已經夠出色的了

合譯成更絕的艷色？

月色、雪色、絕色、本色、出色、艷色，目迷於六色，成為詩翁的一絕。〈絕色〉和〈月色有異〉中的「你」，美絕艷絕，是他的佳人，也是他的繆思。也寫於七十歲的〈我的繆思〉中，他這樣說：

我的繆思，美艷而娉婷

非但不棄我而去，反而

揚著一枝月桂的翠青

綻著歡笑，正迎我而來

且讚我不肯讓歲月捉住

仍能追上她輕盈的舞步

才二十七歲呢，我的繆思

繆思年輕，詩翁年輕，月亮當然也年輕。〈絕色〉之不足，第二年，詩人又有〈魔鏡〉：

　　落日的迴光，夢的倒影

　　掛得最高的一面魔鏡

　　高過全世界的塔尖和屋頂

　　高過所有的高窗和窗口的遠愁

　　而淡金或是幻銀的流光

　　卻溫柔地俯下身來

　　安慰一切的仰望

　　就連最低處的臉龐

　　高不可觸，那一面魔鏡

　　掛在最近神話的絕頂

　　害得所有的情人

　　都舉起寂寞的眼睛

　　向著同一個空空的鏡面

　　尋覓各自渴望的容顏

　　不管是一夜或是一千年

　　空鏡面上什麼都不見

除了隱約的雀斑點點

和清輝轉動淡金或幻銀

卻阻擋不了可憐的情人

依然癡癡向魔鏡

尋找假面具後的容顏

從中秋找到元夜，就像今宵

對似真似幻的月色

苦尋你鏡中的絕色

魔鏡之魔，不是惡魔、魔鬼；而是魔幻，「似真似幻」的幻，「淡金或是幻銀的流光」的幻。這面鏡朦朧若夢，迷人若神話，其流光「溫柔地俯下身來／安慰一切的仰望」。詩人以其魔術師的筆法，點染金光銀影，鼓動「所有的情人／都舉起寂寞的眼睛……／尋覓各自渴望的容顏」。本來是吳剛在伐桂，桂旁有玉樹，魔術師叫一聲變，月球上這些斑駁的影子，就成為「隱約的雀斑點點」。雀斑點點，在年輕的面龐上，這容顏是眾所仰望、追尋的絕色。月出皎兮、佼人僚兮。皎兮、僚兮、皓兮、懰兮、照兮、燎兮，魔術師叫一聲變，就成為絕色。

鄉愁詩人不再鄉愁。出生地南京，他重訪過；少年時勤學七年的四川，他重訪過；母校所在地廈門，他重訪過。今年的中秋

佳節，余光中將到福州並遊武夷山而且前往祖籍故鄉永春。五年前，我有長文通論余光中的詩歌，題為〈情采繁富，詩心永春〉。在永春，而且在中秋佳節，我相信詩人一定有詩。書冊與網頁，都將有新的藏品。淡金幻銀的流光，任他剪裁入卷。破鏡正在黏合重圓，魔鏡仍然有絕色，而李白傳來一面天鏡，是什麼新的鏡呢？余光中月光中，一片天機。

【附注】余光中寫月亮的詩，包括下列這些（括號內為寫作年份）：〈新月與孤星〉(1954)、〈月光曲〉(1962)、〈滿月下〉(1962)、〈月光光〉(1964)、〈月蝕夜〉(1967)、〈月光這樣子流著〉(1968)、〈中秋月〉(1974)、〈中秋〉(1980)、〈中元夜〉(1987)、〈月色有異〉(1998)、〈銀咒〉(1998)、〈絕色〉(1998)、〈魔鏡〉(1999)、〈桂子山問月〉(2000)。錢學武著《自足的宇宙：余光中詩題材研究》(香港：香江出版有限公司，1998)對余氏詩篇加以分類，可參看。本文提到余氏的〈新大陸·舊大陸〉一文，筆者所引，乃根據《香港文學》月刊2002年7月號所載。又：本文提到的〈情采繁富，詩心永春〉一文，刊於《聯合文學》1998年10月號。至於本文文首提到的〈月光奏鳴曲〉，則收於李元洛著《悵望千秋——唐詩之旅》(上海：東方出版中心，1999)。

——寫於2003年8月

有時令人啼笑皆非的獅子和白象
——余光中筆下的梁實秋

梁實秋（1903–1987）是散文家、批評家、翻譯家；在翻譯方面，代表作是莎士比亞全集的翻譯。我青年時讀他的《雅舍小品》和莎劇翻譯，心儀其人，而我人在香港或美國，並沒有想到要拜訪他、結識他，或者說，去「獵獅」。倒是1980年代初我的壯年時期，在台北的飯局見到這頭「獅子」。師範大學英語系教授、詩人、畫家羅青請客，向梁公執弟子之禮，他和梁夫人韓菁清女士頻頻為梁先生挾菜，但梁美食家的胃納似乎不廣，我看不到「獅子」張大口。他打的一條花領帶，予我印象最深；後來聽人說，他的衣食都遵夫人之命而為。飯局上梁翁寡言，與傳說的談鋒健銳不同。那時梁實秋年逾八旬，雖如西塞羅《論老年》所說的年長但得少者尊敬、愛戴，畢竟己垂垂老矣。獅和人一樣，也有雄獅成為老獅之時。

「獵雄獅」的是青年余光中。余是梁的私淑弟子，1987年在文章中曾謂，如無梁實秋的提掖，只怕難有光中的今天。余光中在梁氏生時和身後，寫過多篇文章談論老師其人其文，篇幅在四千字以上的有1967年的〈梁翁傳莎翁〉、1987年的〈文章與前額並

高〉、1988年的〈金燦燦的秋收〉、1995年的〈尺牘雖短寸心長〉四文。當年余光中這位後生之結識前賢梁實秋,他自稱為「獵獅」。1951年台灣大學學生余光中23歲,如李賀之於韓愈,把一疊詩稿呈給在省立師範學院(後稱師範大學)任教的文學名家梁實秋;不久後梁氏來函加以鼓勵,余氏趨梁府拜訪,由是相識。余光中把「仁藹」、「雍容」的「文章鉅公」比作一頭白象,又喻為「文苑之獅」。以下是〈並高〉中的余氏獵獅史:

當時我才二十三歲,十足一個躁進的文藝青年,並不很懂觀象,卻頗熱中獵獅(lion-hunting)。這位文苑之獅,學府之師,被我糾纏不過,答應為我的第一本詩集寫序。序言寫好,原來是一首三段的格律詩,屬於新月風格。不知天高地厚的躁進青年,竟然把詩拿回去,對梁先生抱怨說:「您的詩,似乎沒有特別針對我的集子而寫。」

假設當日的寫序人是今日的我,大概獅子一聲怒吼,便把狂妄的青年逐出師門去了。但是梁先生眉頭一抬,只淡淡地一笑,徐徐說道:「那就別用得了⋯⋯書出之後,再跟你寫評吧。」

量大而重諾的梁先生,在《舟子的悲歌》出版後不久,果然為我寫了一篇書評,文長一千多字。

此文後來在報刊發表了，梁師真是「量大而重諾」。文藝青年余光中與詩朋文友，常作客於梁府。有一次，在1955年晚春某夜 ——

> 梁實秋斟了白蘭地饗客，夏菁勉強相陪。我那時真是不行，梁先生說「有了」，便向櫥頂取來一瓶法國紅葡萄酒，強調那是一八四二年產，朋友所贈。我總算喝了半盅，飄飄然回到家裏，寫下〈飲一八四二年葡萄酒〉一首。梁先生讀而樂之，拿去刊在《自由中國》上，一時引人矚目。

1842年產的葡萄酒？夏菁有疑惑。「後來我知道，如果這瓶酒真是百年陳酒，可能要值數千美金；1842年或許只是酒廠創設的年份。這件事情，我從未問過梁先生，詩人多情，佳作難得，讓它流傳千古！」

　　梁實秋賜余光中以陳年佳釀，知道這個青年有才、可教。三年後，余氏有一次去看梁先生時，梁氏忽然問：「送你去美國讀一趟書，你去嗎？」這是大事，三個月後，余光中果然去了愛奧華大學，揭開了這位作家、學者生命史的新頁。這就是上引余氏說的梁實秋對他的一大「提掖」。數十年間二人交往，或見面或通信。余光中1973年應邀辦理到香港中文大學任教的手續，梁翁為他寫推薦信。7月梁實秋致函余氏，云：

> 光中：得來書，甚喜。介紹信附上，希望你能順利成行。香

港在某些方面可能比美國還好些。至於學校好不好倒無所謂，因為教書本非我們的本願，不得已而為之，在哪里執教都是一樣。

在青島、北京、台北等地的大學教了數十年書、桃李遍天下的梁實秋，竟說「教書本非我們的本願，不得已而為之」。梁氏似乎也不怎樣喜歡演講。在余氏引述他致友人的信中，梁氏寫道：

我是一個 family man，離不得家。所以我總是懶得到外面去。最近香港中文大學又要我去演講三天，我還是拒絕了。俗語說：「金窩銀窩不如家裏的狗窩」，我就是一個捨不得離開狗窩的人。

如果他喜歡演講，那末，這個「宅男」離開可愛的家庭幾天，應是可以忍受的。現代交通便捷，學者常常前往與研究對象有關的地方參觀、考察，以利作業；或者抱著嚮往、朝聖的心情，去旅遊一番。梁實秋翻譯了莎士比亞全集，後來還撰寫英國文學史，卻從未涉足過這位英國國寶的故鄉，他一生根本沒有去過英國。莎氏18歲時離開故鄉，「老時沒住幾年就死了，斯特拉福不是他一生活動的背景，有何可看？」這是梁翁不訪莎翁故鄉的理由。

梁氏早歲留學美國三年，晚歲在美國居留多年，而他對美國多持批判態度，認為美國人「急功近利，所見不遠」，對美國文學

也無大好感。美國是電影帝國，好萊塢電影君臨天下，而梁實秋排斥電影，認為它「殊少價值，除非你是去戲院消磨時間」。余氏本人喜歡旅遊，數十年中參訪過中外無數作家的故居或紀念館；對於梁翁不去莎翁故鄉所持的理由，他的反應是：「實在令人啼笑皆非。」台北的正中書店出版過梁氏的《偏見集》。梁氏自謂好議論，數十年間的種種議論，大抵有中正平和的，也有偏頗離經的。(當然，論點是中正是偏頗，大抵視評論者本身的觀點而定。) 余氏為門生後輩，禮貌上不好用「偏見」形容其師的論點，而用「啼笑皆非」；還有，用此語時梁氏也已逝世了。

以上幾則議論，都見諸梁致余的書信。梁實秋與錢鍾書等是 man of letters ── 既是文人，也是多寫信的人。月前楊絳女士強力反對公開拍賣先夫錢鍾書的書信，捲起一場風雲。余光中在其文章中公開了梁翁的信，不過當然沒有拍賣。7月杪台北《文訊》雜誌為了籌款而拍賣名家書、畫、文稿，據說余光中的詩稿有一個字四千元台幣的高價紀錄。梁實秋的手稿和書信，不知道這次有沒有在拍賣之列；若有，「價值」又如何。(余氏有四位千金；一字四千金，拍賣所得如歸余家小姐分享，則一字四千金可各得一千金。一笑。)

余光中描述梁實秋，最有趣的應是他買腰帶的事。梁氏「有點發福，腰圍可觀」，據說他總買不到夠長的腰帶。有一次，「他

索性走進中華路一家皮箱店，買下一隻大皮箱，抽出皮帶，留下箱子，揚長而去。這倒有點世說新語的味道了，是否謠言，卻未向梁先生當面求證。」

文學重形象思維，即強調具體性、形象性。余光中深諳此理，「買帶還箱」是活生生的一幕趣劇。趣劇的主角形貌神態如何，余氏另有刻劃。向來為梁實秋造像、寫傳者，多用意筆潑墨，似乎只有余氏用工筆重彩：

> 五十歲左右的梁實秋──談吐風趣中不失仁藹，諧謔中自有分寸，十足中國文人的儒雅加上西方作家的機智。他就坐在那裏，悠閑而從容地和我們談笑。我一面應對，一面仔細地打量主人。眼前這位文章鉅公，用英文來說，形體「在胖的那一邊」，予人厚重之感。由於髮岸線（hairline）有早退之象，他的前額顯得十分寬坦，整個面相不愧天庭飽滿，地閣方圓，加以長牙隆準，看來很是雍容。這一切，加上他白皙無斑的膚色，給我的印象頗為特殊。後來我在反省之餘，才斷定那是祥瑞之相，令人想起一頭白象。

雖然色相俱在，這工筆還不算太「工」，因為眼、耳、口、鼻的形狀如何，都付闕如。但余氏確如漫畫家繪畫知名人物一樣，抓住了最醒目的部位，也就是隆準的長牙和寬坦的前額。上面這段描

繪見於余氏〈文章與前額並高〉一文，突出梁氏的前額，正因為此文要兼談「文章鉅公」的文章，其中蘊藏著他的書寫策略。

上面「令人啼笑皆非」，加上「風趣」「諧謔」的評論，再加上形體「在胖的那一邊」的形容，不禁使我想起莎士比亞筆下的浮士德孚爵士（Sir John Falstaff）。19世紀初英國批評家赫斯利特（William Hazlitt）說：在浮士德孚身上，「我們看到鮮活飽滿的機智幽默」。莎劇《亨利四世 I》中的浮士德孚，既老且嫩，又怯又勇，精明而愚蠢，言辭行動常常令人啼笑皆非，是個超級喜劇人物。女王伊莉莎白極為喜愛這個角色，並敕令莎士比亞編寫新的劇本，讓這個人物繼續演出好戲。莎翁遵命，果然寫出 *The Merry Wives of Windsor*（梁實秋譯為《溫莎的風流婦人》）。梁實秋教授當然不是一個浮士德孚爵士，是半個吧。

梁實秋一生的翻譯，成品眾多，把莎士比亞全集譯成中文，這方面的巨大貢獻人盡皆知。余光中在四篇文章中都多少談及其翻譯。〈梁翁〉一文顧題思義，應該全文或大部分篇幅都論梁氏的翻譯才對，而事實不然。此文論莎翁的成就，論漢詩英譯，論硬譯，而談論梁氏翻譯表現的，大概只佔全文六分之一的篇幅。余氏認為「梁實秋這三個字和翻譯是不可分的」，莎劇之外，梁氏還譯過很多其他西方作品。余謂梁譯莎劇的譯文本身——

對於信達雅三者，都能兼顧。我曾就《哈姆雷特》和《羅密歐與茱麗葉》二劇的梁譯與原文，作對照的閱讀，而對譯者的苦心，對譯者把伊莉莎白朝的英語嫁給民國五十六年的中文的一番苦心經營，感到異常欽佩。大致上，我淺嘗後的一點印象是：由於梁先生「知彼」之深，似乎有時候梁譯寧可捨雅而就信。

梁實秋翻譯莎劇，原文的無韻體 (blank verse) 片段，往往只譯成散文，而不照無韻體格律；對莎翁的巧妙修辭如雙關語 (好像 Hamlet 中的 sun、son)，也往往譯得欠精當。這大概就是余氏所說的「梁譯寧可捨雅而就信」。其實說梁譯於「信」不足也可以，因為原文是雙關語，譯者巧譯之，譯文也有雙關語之妙，只是一種「信實」。大抵梁實秋要把莎士比亞全集譯完，如果字字句句都推敲踟躕，就不知道大業何日可成了。

在〈秋收〉中，余光中說「梁氏的譯本有兩種讀法，一是唯讀譯本，代替原文，一是與原文參照並讀。我因教課，曾採後一種讀法，以解疑難，每有所獲」，又說譯莎翁全集是「赫九力士大業」，其「有恆而踏實的精神真不愧為譯界典範」。

余光中寫過無數對翻譯的實際批評，尋章摘句析論各家所譯濟慈、雪萊等詩篇的得失。舉辦了二十多年的「梁實秋文學獎」

（包括散文獎和翻譯獎兩項），余氏年年任翻譯獎評審，每年都寫了往往是長篇大論的評審報告，句句字字以至標點都不放過（其《含英吐華》一書就是余氏所寫評審報告的結集）。這種做法及其背後的「有恆而踏實的精神」，可說是一種「次赫九力士大業」。

梁氏春華灼灼、秋實纍纍，其成就廣獲肯定，其著譯影響深遠。1967年梁氏的莎劇全集中譯竣工，「師範大學英語系的晚輩同事設席祝賀，並贈他一座銀盾，上面刻著我〔余光中〕擬的兩句贊詞：『文豪述詩豪，梁翁傳莎翁』」（見〈並高〉一文）。以文豪稱梁氏，可見余氏早有推崇。1992年余氏在議論莎翁十四行詩中譯時，提到梁氏，尊他為「譯界大師」。這裏所引二語以及上文已引述的種種，具見在長時間裏梁氏在余氏心目中的尊崇地位。

對於這位恩師，余氏雖然不一定時時拜望，甚至通信也不勤；恩師之恩，弟子卻感念不忘。《秋之頌》文集本為祝壽之書，是余光中發起編集的，原擬在1987年農曆臘八的慶祝會上奉獻給梁先生，賀他86歲華誕，怎知壽星公在是年重九後三日因心肌梗塞逝世，書晚了一步，成為追悼專集。為了紀念梁氏，台灣文化界舉辦梁實秋文學成就研討會、設立梁實秋文學獎、設立梁實秋獎學金，又計畫建設梁氏紀念館、出版全集。

種種紀念活動，余光中都多少有參與。他對梁實秋文學獎的參與，可說最為持久有力，最為動人。「躁進的青年」早變成仁藹

的詩翁，年過八旬，余翁仍然親力親為，從事上文筆者說的「次赫九力士大業」。余翁數度為梁翁文學館的建立而發聲，前年春天，台灣的中山大學圖書館闢室而成「余光中文學特藏室」，在啟用典禮上致辭時，余氏為梁實秋文學館或梁實秋文學室之未建而耿耿於懷(同年秋天，在台北的師大附近，梁實秋故居終於修葺竣工開放)。從青年「獵獅」者到青松詩翁，余光中對梁先生之恩，一直沒有忘懷；他多次為文稱頌其師的人與文，致力發揚、傳播其師的翻譯事業。梁氏晚有弟子傳芬芳。今年是梁先生誕生110周年，筆者撰寫本文，也有紀念這位翻譯大家之意。

——寫於 2011 年 9 月

記余光中的一天

一 《春來半島》*

　　吐露港畔、馬鞍山下的沙田馬場，馬兒歇暑去了，騎師度假去了，草地懶洋洋地青綠著。這是6月下旬的一天，各種考試已成為過去，試卷和論文的評閱已大功小功都告成。校園裏的花草樹木在30度的氣溫中似乎顯得有點倦意，學生和教師不再穿梭於建築物與建築物之間，似乎也都歇暑和度假去了。也許吧！不過，在中大的太古樓裏面，有些人仍然忙碌著。[1]

　　6月26日上午九點多，我在大學火車站接了一位出版界的朋友，一起到太古樓，在五樓的走廊，余光中先生與我擦身而過，他說：「正要開會去！」好像是《聯合校刊》的編輯會議，可是他來不及分說了。光中先生1974年來中大教書，屬聯合書院，多年來一直是《聯合校刊》的主編。他在五、六十年代主編過《藍星》和《現代文學》等文學期刊，盡心盡力，為文壇建立典範。現在任校刊的主編，可說是一位教授對學校的服務，性質是「止乎禮」（所謂 ceremonial），多於「發乎情」。編務有多位同事協助，不過他有時還是親力親為，要拿起紅筆來修改文稿。

校刊的編務，大概不會花費太多的時間。然而，眾多不花費太多時間的工作加在一起，花費的時間如用沙漏計算，就沙高成塔了。洪範、皇冠等出版社，都等著出余先生的詩集和文集。他的《從梵谷到徐霞客》是皇冠「三十而立」叢書之一，1984年就預告了出版消息的。林以亮先生的《文學與翻譯》和黃國彬兄的《宛在水中央》，也屬於這套叢書，都已出版了。而不久前，我問光中先生《從》書的情形，他說：「還沒有時間編哩！」

　　光中先生的創作和評論，同樣傑出，同樣著名。數年前他在巴黎飽覽名畫，歸來後撰成論畫長文。前年他在山明水秀的沙田，讀遍了中國古今的山水遊記，藉以消暑，於秋冬之間發表了論中國山水遊記藝術長文。去年，他評論的主力，放在龔自珍和雪萊的比較上，成果是數萬言的辭理俱勝之作。《從梵谷到徐霞客》收的應是這幾篇論文的全部或局部，照理要輯成一集，不會花費很多整理的時間。可是，看過余先生書信和手稿的人，都知道他那種一筆不苟的嚴謹作風。現代的成名作家，出書容易，把發表過的文章影印成一疊，以千金一擲的豪氣交給出版社，這就行了。光中先生在這方面十分吝嗇，錙銖必較。他一定要修飾文稿，分輯歸類，前附序言或後附跋語，作品的寫作或發表日期也要一一注明，這才算打點停當，好像母親體體面面地把女兒嫁將出去。

台北那邊的出版社，雖然善於等待與敦促，到底鞭長莫及，比起香港這邊來，就要吃虧了。香江出版社成立伊始，負責人林振名兄邀我主編叢書，已定名為《沙田文叢》，余先生的書自然是長鞭所及的對象。26日這一天上午，林兄來中大的目的有二：與梁佳蘿（錫華）兄和我商量梁著《獨立蒼茫》的封面設計，一也；取余先生的新書《春來半島》的書稿，二也。

《春來半島》的副題可能定為「余光中香港十年詩文選」，我身為主編，對此書的內容和書名的建議，採取了十分主動的姿態。余先生今年年初以來，驛馬星大動，足跡遍布亞、美、歐三大洲。先是1月有新加坡之行，繼而4月南下馬尼拉，5月東去美國，文曲星動，妙思（Muse）翅展，都為了傳文學的佳音。26日這一天下午，則將起程遊歐，向文學藝術的殿堂朝聖。這幾個月來，如不遠行，也必有近遊。香港台北或香港高雄之間，經常在周末去來，次數難以確計。即使在香港，他也不安於山人的靜居，而登高臨深，和這裏的峰嶺締結山緣。原來他9月將回台灣任教於中山大學，對香港的山水，有無限的別意。這半年來詩人四處馳騁，我乃戲稱他為「穿梭詩人」。余先生自稱或他封的雅號，如「藝術的多妻主義者」、「沙田幫幫主」、「台灣十大詩人之首」已經很多，對這「穿梭詩人」的錦花，他只報以淡淡的一笑。詩人常動而我常靜，他將去港而我留，建議編一本十年選集以為

紀念，且頻頻催促他交書稿，乃成為我的責任。

　　光中先生於 1974 年來中大，除去了 80 至 81 年度回台客座於師範大學，居港時間剛好十年。離港在即，別情依依，連他的腕表也日日夜夜「倒數著香港珍貴的時間」（見〈東京上空的心情〉一詩）。早在去年春夏之間，余先生已興起了一股香港的離情，這裏有詩為證：

> 看路邊婷婷的多姿
>
> 嫵媚著已經有限的
>
> 這港城無限好的日子
>
> 而在未來的訣別
>
> 在隔海回望的島上，那時
>
> 紫荊花啊紫荊花
>
> 你霞裏的紅顏就成了我的
>
> ——香港相思

洋紫荊是香港的市花，而這首詩就叫做〈紫荊賦〉。如果用這首詩的題目，做他香港十年詩文選集的書名，豈非大佳！我把這個想法告訴余先生，他同意適合做書名這個說法，卻補充說：「這個名字要留給我下一本詩集，將由洪範出版社出版的。」退而思其次，我得到《春來半島》一名 ——原本是他一篇散文的題目。光

中先生和黃國彬兄同年來中大，跟著在三年內先後來的有梁佳蘿兄、蔡思果先生、陳之藩先生等作家。在74年或以前就在此的已有一些，74年之後，陣容大大加強，詩風文采，增益了吐露港周遭山靈水秀的氣象，為沙田文學帶來了春天。爛漫的春色，乘風南下，點染了九龍半島，且越過了維多利亞海港。一葉落而知秋，一花開而春來，何況眾芳競放？把書題為《春來半島》，誰曰不宜？我輕輕提出這個建議，光中先生輕輕點頭表示接納。

《春來半島》前半部為詩，從74年寫的〈沙田之秋〉到前幾天完篇的〈十年看山〉，共廿二首；後半部的散文，從77年〈思台北，念台北〉到今年的〈飛鵝山頂〉，共十篇。沙田二字，見於五篇詩文的題目，詩人對這裏山水人物的多情，已無庸贅言了，何況還有準備題於扉頁的這些句子：

每當有人問起了行期

青青山色便梗塞在喉際

他日在對海，只怕這一片蒼青

更將歷歷入我的夢來

6月中旬，沙田諸友有攀八仙嶺的壯遊。《春來半島》的篇目，就在那天登山前由余先生交給我。我後來按目在各書刊尋文，一一影印，對文稿的體例予以統一，最後加上〈十年看山〉等

兩篇最新作品的手稿，就把書稿交給了林兄。余先生向來親自整理書稿。手跡和書刊的影印，向來絕少假手他人。有時在周末，他獨自留在影印室，斯時校園安靜，他印個不亦樂乎。除了汽車之外，影印機大概是詩人最熟悉、最感親切的機器了。這次他實在忙不過來，由我代辦影印等事，是個例外，因此值得一記。當然，他歐遊回來之後，必會從頭到尾把書樣親校一遍，不在話下。

二　與永恆拔河

送走了林兄，我返回辦公室。光中先生已開完會議，我問道：「中午要不要和余太太到雲起軒吃麵去？」

中大由崇基、新亞、聯合三間書院組成，中大的每個教師或學生，必屬於三院中的某一院。光中先生、佳蘿兄和我為中文系同事，但同系不同院，三人依序屬於聯合、崇基和新亞，恰成三分之勢。新亞的樓宇房室，命名最見深思美意。樓有誠明、樂群、學思、知行等等，室則有麗典、雲起之屬。「坐看雲起時」那軒，位於山頂，軒內青綠佈置，軒外蔥翠草地，在其間舒舒坐下，悠然觀看雲起雲飄，誠為平日忙裏偷閑的一椿樂事。中午軒內供應麵食，尤以牛肉麵馳名校園遐邇，使此軒令人目悅心賞之

外，還滿足了眾人的口福。光中先生日常多在家裏用午膳，雖久聞雲起軒麵食之名，卻未嘗其實。詩人錦心繡口，與相熟朋友在一起的時候，其妙語如珠，早有口碑。他自己有一次在文章裏面也對此表示頗為得意：「思果一走，沙田的鷗鷺頓時寂寞，即使我能語妙天下，更待向誰去誇說？」（見〈送思果〉）我原本也想將平日的詩人雋語錄下，以助平凡的記憶，可是缺乏恆心與毅力，何況他作品中的警句已經太多，讀者已應接不暇，我不該貪心。光中先生與生人在一起時，語言頗見拘謹。在國際的雞尾酒會中，他是塊不融解的冰；二十多年前留學美國那段日子，他曾有此比喻。破冰不易，況且破冰非用時間與精力不可。余先生在文壇上交遊已廣，無意於在校園中過分「曝光」，建立公關的形象。凡此種種，依我的猜想，是余先生日常多在家用午膳的原因。不過，現在離校在即，雲起軒的麵食在下山前理應一試。於是，我明知他今天異常忙碌，還是問一下：「要不要和余太太到雲起軒吃麵去？」

　　余先生悠然答道：「出發前要辦的瑣事太多了，以後再說吧！」氣定神閑，是他一向的表情；雖然我深知他素來務多事繁。內子常說我是緊張大師，應該向余先生學習。

　　我可以想像得到，他回家用午膳的情形。走出了辦公室，下了樓，駕著車牌PL7208的日產桂冠房車，大概兩分鐘光景，就

抵家門了。家中余太太準備了簡單的菜，擺好了桌子，就連同丈夫和大女兒珊珊邊談邊吃起來。談的可能是歐洲列國周遊的行程，可能是急待處理的一些公私函件，可能是日前八仙嶺攀登的餘情，可能是四個女兒的戀愛。詩人曾戲稱他的家庭是個女生宿舍，現在，「四個小女孩，都已經告別了童話，就在這樣浩闊的風中，一吹，竟飛散去世界各地了」。現在，家中已缺少熱鬧的鶯聲燕語，氣氛不再「宿舍」了。珊珊去年赴美深造，目前回港度假，羽毛豐滿的新燕，不久又要離巢了。

「……最近還有寫詩給你嗎？」詩人可能這樣問女兒。他很關心那個與永恆拔河的詩壇新秀。女兒略帶覥覥，欲說還休。從她的眼神中，朦朦朧朧的時光倒流了。那位賢慧的太太變回情人，變回女朋友，變回一首首輕輕柔柔的情詩。三十多年來，用詩與永恆拔河，贏得多少名聲與友情。曾幾何時，這裏高朋滿座，那一年的年夜飯從大除夕吃到元旦凌晨——「寅吃卯糧」；佳蘿佳蘿，The Merry Wives of Windsor, The Gaylord of Shatin!（溫莎的俏娘兒，沙田的佳公子！）這些都是友儕公認的席間警句。在愉悅（Merry，gay）的高談闊論中，詩人的酒量也與時俱進，不再羞澀了。金黃的嘉士伯（詩人最喜歡的啤酒）、淺紫的頂凍鴨（Very Cold Duck）、葡國的Rose紅酒、紹興的陳年花雕，使多少個端午、中秋、重陽、除夕夜宴的逸興遄飛。在另一種時光倒流中，

李白、東坡、但丁、莎翁，都來乾杯；屈原、杜子美、葉慈、艾略特，都綻開愁眉，也應邀展顏來乾杯。那是沙田文友最盛文風最旺的時期，也是家裏人口密度最高的時期。可是，近幾個月來，兩千平方呎的大房子，卻只住著夫妻兩個……

我的想像告一個段落。和同事潘銘燊兄用過午膳後，我回到在三樓的辦公室。開了冷氣，把炙人的烈日擋在窗外，把勞形的文牘撥在案邊，翻看剛剛收到的錢鍾書《談藝錄》補訂本。錢鍾書和余光中二先生，都是當今文學界了不起的人物，二人都是比喻大師，一重評論，一重創作。他們的作品，機智俊俏，有益復有趣，讀來絕無冷場。錢氏論寫作之勞心時，引法國巴爾扎克的話：「設想命意，厥事最樂。如蕩婦貪歡，從心縱慾，無掛礙，無責任。成藝造器，則譬之慈母勤顧育，其劬勞蓋非外人所能夢見矣。」這使我想起余先生論詩與散文的那串比喻：「詩像情人，可以專門談情，散文像妻子，當然也可以談情說愛，但是家務太重太難了，實在難以分身……。」《談藝錄》補訂本是錢先生親自從北京寄贈的，文學大師不忘遠在南方的晚輩，這是多麼動人的鼓勵。光中先生也十分欣賞錢氏的作品，他和我合教《現代文學》一科，錢氏的小說和散文是指定的讀本。他如果知道《談藝錄》的補訂本已經出版，也必然非常高興。

三 〈假如我有九條命〉

下午四時左右，我帶著〈沙田文叢出版緣起〉一文，到五樓余先生的辦公室找他，如果他在的話，就讓他看一看。他果然在。余先生每天早起晚睡，下午有小寐的習慣。他身體清瘦，白髮蒼蒼，但精神充沛。我推門而入，看到他正在整理案上的文件書報，依然現出氣定神閑、從容不迫的樣子。余先生的辦公室在走廊的末端，是最清靜的角落。室大約一百四十平方呎，兩排書架，一個書櫃，一張書桌，空間很寬廣。書架上貼有香港話劇團公演《不可兒戲》的海報。余先生之舌粲蓮花，有如王爾德（Oscar Wilde）；他之中譯王著《不可兒戲》，既以娛人，亦為娛己。去年此劇首演，連滿十多場；今年捲土重來，門票被搶購一空。此劇近日且曾應邀在廣州演出，一新國內觀眾的耳目。余先生眼看觀眾反應如此熱烈，自然深感興奮。他詩文雙絕，小說也寫過，有〈食花的怪客〉、〈萬里長城〉等三數篇，唯獨從來沒有寫過劇本。近年雅聚的沙田諸文友中，也沒有人寫過劇本。香港的創作劇，好的甚為難求，沙田諸友，大可嘗試一下，一闢新境界。光中先生就快回台，將來要寫這邊人事的話，隔海追憶，一定多了層「美學的距離」（aesthetic distance）了。

「工作總做個不完！有一本英文寫的書稿，論的是《詩經》，

大學出版社請我審閱。一大本，帶到飛機上去看會很麻煩啊！」余先生説，卻一點也沒有煩躁的樣子，不了解他的人可能會認為他言不由衷。窗外遠處是大埔道，路上車輛往來，絡繹不絕。審閱文稿，擔任校內外寫作比賽的評判，主持講座或座談，諸如此類，沙田諸文友「欲罷不能」。基督教徒得向上帝作十分之一的奉獻。身為文學界人物，似乎也必須為文曲星服務。有一次，我對佳蘿兄説：「眼力花了，口水乾了，車馬費自己付了，我們都是『文學的義工』！」余先生在台在港，參與文學活動都非常熱心，對青年社團的邀請，一本扶掖後進之情，更盡量答應。他不止一次半開玩笑地説：「你免費替他們演講，免費替他們做評判，有時還要捐錢贊助他們的活動，而他們反過來在報刊上寫文章罵你！」余先生樹大難免招風，名大難免招罵，左中右老中青都批評過他。不過，如果把帳目整理一下，就會發現掌聲遠多於噓聲。

為大學出版社看閱書稿，正如主編聯合的校刊一樣，也是一種校內服務。余先生為大學出版社審閱過好些稿子。不知道出版社有沒有主動邀請過他，要出版他的詩文集。聞説世界上好些大學出版社，都以高高在上的姿態，等人送來書稿要求出版，卻極少主動訪求佳作。余先生在中大工作了十餘年，這期間完成的作品，怕已有十餘本書的份量。向來，他的書，港台的一般大小出版社，都爭著要。

他行將出版的《春來半島》是《沙田文叢》的第一本，由我執筆的文叢出版緣起，有這樣一段：

> 沙田這十年來作家雲集，文風大盛。詩、散文、小說、文學批評，燦燦生輝，有如吐露港上的躍金沉璧，使此地的靈秀益增氣象。正如余光中先生所說：「有這麼幾枝多情的筆，幾番揮灑，便把沙田的名字，寫上了中國文學的地圖。」（見《文學的沙田》一書編者序）經過十年間多情多采的健筆揮灑耕耘之後，沙田已不僅是沿河海開墾出來的一塊土地——香港的一個衛星城市；它是崇山峻嶺懷抱之中，回響著韓潮蘇海之聲的一塊文學良田。

文中引了余先生編著的《文學的沙田》一段話，所以在叢書出版前拿來讓他看一看。他看後沒有表示甚麼，我們跟著隨便聊了幾句。臨離開他的辦公室前，我說：「五點整我來接你們，等會見。」

距離五點鐘只有大半個小時，我想起很久沒有看《聯合報》了，於是到大學圖書館看報紙去。《聯合報》和《中國時報》是台灣最暢銷的報紙，其文學性副刊是注意當代中國文壇者所不能放過的。我經常在新亞書院的教職員休息室看《中國時報》；要看《聯合報》，就來大學圖書館。大約每半月至一月來此專看此報。香港報紙的副刊文章，一般而言，沒有台灣這兩大報的副刊文章寫

得那樣細心，且大都十分短小，五、六百字一篇的最多，雖然短篇適合工作繁忙讀者的快速節奏，到底太短了，往往有論而乏據，能精悍而不能綿密，有情味而無氣勢。就好比音樂一樣，兩分鐘就完的流行曲，和三十分鐘一首的交響樂，予人的感覺自然不同。台灣的副刊文章，則長短皆有。余先生自從二月以來，每周在《聯合報》副刊發表一篇千餘字的《隔海書》。我這個「余學」學者，經常來看《聯副》，更懷有「研究」目的。「余學」一詞，是我編著的《火浴的鳳凰——余光中作品評論集》在1979年出版後，由詩人戴天創用的。有些學術研究者面對的資料，往往十分枯燥，研究的樂趣，通常在沙礫中發現金子時才閃爆出來。我這個「余學家」，卻永遠以閱讀研究對象的原始資料為樂。就以這次閱讀的幾篇《隔海書》為例，說明一下。6月2日那篇題為〈夜讀叔本華〉，9日那篇題為〈你的耳朵特別名貴？〉，16日那篇題為〈五月美國行〉。這些小品，不能代表余氏散文的最高成就，但讀來總令人覺得情理兼勝，辭采斐然。〈耳朵〉那篇有下面一段：

> 早在兩百七十年前，散文家斯迪爾（Richard Steele）就說過：「要閉起耳朵，遠不如閉起眼睛那麼容易，這件事我常遺憾。」上帝第六天才造人，顯已江郎才盡。我們不想看醜景，閉目便可，但不聽噪音，無論怎樣掩耳、塞耳，都不清靜。

以上這幾句，有徵引，有發揮，有幽默，文字的「風景」已頗可觀；接著這句，無疑使出了比喻大師的看家本領：

> 更有一點差異：光，像棋中之車，只能直走；聲，卻像棋中之炮，可以飛越障礙而來。

沙田諸文友的作品，雖各具面貌，卻有一個特色，就是文字清通且多姿采。比起不少握筆的人，沙田諸友的用詞造句，大抵相當嚴謹，甚少破綻；大家都不滿足於平庸單調的文字，而致力於辭藻的經營。「桂綸翠餌，反所以失魚」，劉勰早就對過分華麗的文字提出了警告；可是，在大量製造的平庸文字充斥的今天，失去的藝術是應該尋回來的。我曾與國彬兄談到沙田諸友的這個特點，大家所見略同。光中先生的詩文情采兼備，領一代之風騷，在〈夜讀叔本華〉中，藉叔氏之語，加以發揮，有下面的卓論：

> 作家的風格各如其面，寧真而醜，毋假而妍。這比喻也很傳神，可是也會被平庸或懶惰的作家用來解嘲。這類作家無力建立或改變自己的風格，只好繃著一張沒有表情或者表情不變的面孔。看到別的作家表情生動而多變，反而說那是在扮鬼臉。頗有一些作家喜歡標榜「樸素」。其實樸素應該是「藏巧」，不是「炫拙」，應該是「藏富」，不是「炫窮」。

〈五月美國行〉一篇像日記，主要寫會女兒和晤老友的經過。雖然有點流水賬的樣子，但水面上的花紋仍可供品鑒，如：「一陣西風，把三姊妹吹到天各一方，晝夜都不同時，哪像從前在晚餐桌上，可以圍坐成六瓣之花，而以燈光為其金蕊。」三女佩珊讀書的學校，在East Lansing，詩人譯為「東蘭馨」，透著芬芳的女子氣息；老友夏菁現居之地，是Fort Collins，詩人翻作「可臨視堡」，有「登高能賦，可以為大夫」的情懷。這些文雅的翻譯，都別具匠心，染上了譯者主觀的感情色彩。

　　專欄文字，十九都是「書被催成」的。余先生常為「截止日期」所催迫，但是用墨甚濃。莫扎特的天才腦袋藏滿了甜美的音樂，只要坐下來，一揮筆而樂譜立就，用不著修改。這使薩拉里既羨且妒。余先生大異於常人的腦袋藏滿了情理景物，只要坐下去，一揮筆，墨飽力勁，幾乎不用修改，就是一篇上佳的散文（寫詩則往往數易其稿）。讀過他作品手稿或書信的人，都對他文稿的工秀整潔，嘖嘖稱奇。夏志清先生的字小而草，每引起手民誤植。有一次他寫信給編輯，要求更正錯字。信末這樣說：「以後寫字，真要向光中兄學習。」余先生連發給學生的課程綱要或考試題目，也如此一筆不苟。他的字寫得慢，因此工整，因此可以有充分醞釀斟酌的時間，使下筆後極少修改。可見想得天成的文章佳構，妙手之外，巧心以至苦心，更為要緊。我問過余先生每

天寫稿字數的最高紀錄，他說：「不過兩千來字。」

光中先生的字寫得慢，而交遊廣，新知舊雨間的書信來往，是他的一大負擔。據說蕭伯納的一生，最少寫了二十五萬封信和明信片；換言之，每天在十封以上。在我認識的朋友中，劉紹銘兄的信寫得又快又勤，草書式的短函很能追上這個時代的節拍，且可能追上蕭翁的紀錄，甚或越過他。編輯瘂弦和董橋兄二位，一來由於性情所近，二來由於工作需要，相信更能越過蕭翁。但是，我敢說，光中先生一定遙遙落後。他的〈尺素寸心〉一文，說自己樂於接讀朋友來信，卻害怕寫信；他犯了久不回信甚至屢不回信的罪，「交遊千百，幾乎每一位朋友都數得出我的前科來。」負疚太重，救贖之道，是幻想自己有九條命，這樣才能應付書信的往來，才能「和遠方的朋友隔海越洲，維持龐大的通訊網」。九條命之說，見諸近作〈假如我有九條命〉一文（刊於《聯副》7月7日）。

其他八條命用來做甚麼？詩人說：有一條要「專門用來旅行」！

四 〈紫荊賦〉──香港相思

6月26日這一天下午五時整，我抵達中大教職員宿舍第六苑二樓，準備把余氏伉儷送到啟德機場，他們要到歐洲旅行去。見

到他們時，行李已大致整理好。九年來，我常到余宅，對這裏的一切都很熟悉。客廳中那張沙發坐過哪個有名的到訪者，甚麼人一起在這裏拍過照，我都留下了印象。來自台灣的遠方朋友最多，近數年來，也有好些大陸南下的慕名者。香港青年作者協會的會員，不久前來此專誠做了訪問，得到一些臨別贈言。前幾天，佳蘿兄嫂、國彬兄和我們一家四口，在余宅聚餐。佳蘿兄將赴嶺南學院高就，國彬兄利用假期，將赴加拿大與妻兒團敘。日子一到，四個人就會天各一方。吃飯前，佳蘿嫂拿著攝影機，為四個男人合照留念。（過了幾天，照片沖印出來，在晚霞和鹿山之前，四人在露台並排而立。紅透半邊天的晚霞，予人夕陽無限好的感覺；但四人面帶笑容，神態輕鬆，場面彷彿是剛剛重聚，而非離別在即。）

過了幾分鐘，下樓登車，抬頭一望，還見到余宅露台十多盆豐茂的植物。余先生對那些蘭花、茉莉、曇花和海棠，都傾注過詩情。沒有應酬的晚上，詩人吃過晚飯之後，在露台憑欄遠眺，吐露港、八仙嶺以外，極目之處就是神州了。乘了一陣涼，看看電視節目，七彩繽紛過後，就是書桌旁燈光中的白紙黑字的世界。詩人的「黑白」世界其實比螢幕的彩色更豐富而多姿，不過，《故園風雨後》(*Brideshead Revisited*) 和《荊棘鳥》(*Thorn Bird*) 等近年的片集，甚得詩人青睞，為他的書齋生活提供了不俗的娛樂。

我開動了玉綠色的「葛天娜」，在蜿蜒的山路行駛，傍晚的和風陣陣吹來，車裏的人興起了話題。我出示錢著《談藝錄》，他翻閱了一下，表示真難得。「看到了最新出版的這一期《文藝》季刊沒有？」余先生問。我說看到了，跟著提及王良和寫的那篇〈銷盡三千煩惱絲——記余光中〉。王君尚在中大求學，這篇文章語言生動，頗為雅潔，不乏風趣。歷年來中文系的學生，每有具備寫作才華的，惜乎很多可造之材，缺乏恆心與毅力，一畢業就與寫作告別。我們幾位同事，都希望文學薪傳有人。王良和這篇文章，有如下的一段：

> 有人稱余光中為現代李白，其實，我覺得余師更像東坡。
> 「多情應笑我，早生華髮……」，固是坡公的自照，以之形容
> 余光中，亦堪稱貼切。此外，坡公與余師皆擅用比喻而又極
> 富幽默感，其詩文亦雄亦麗，才氣超邁，可比之處甚多。

　　王君說得對，余氏像東坡。由於他「才氣超邁」，年輕時轉益多師，而文學之為藝術，又有中外同、古今同的普遍性（這一點淵博的錢鍾書先生最為強調），余氏自然可以和許多古今中外的大家比較。李白、東坡固可以拿來相比，杜甫、白居易以至丁尼生、葉慈等等也可以。當然，相比是一回事，獨特與否是另一回事。余氏有其卓然自立的成就。

行行重行行，獅子山隧道公路上，洋紫荊的花期已過，鳳凰木擎著熱情的紅燄。汽車把「凌波的八仙」留在後面，馬鞍山也在後面，來迎的是「鎮關的獅子」了。余先生發表在《中國時報》的近作長文〈山緣〉，形容山是「世界上最雄奇最有份量的雕塑」，且表現了對港九新界奇偉山嶺的由衷讚美。山水之有名，本身的條件並非充分條件，尚須經過詩文名家的品題。擋風玻璃外獅子山這座「最雄奇最有份量的雕塑」，就沾過詩人吟詠的筆墨。在氣氛黯淡的 83 年秋天，詩人驅車開進獅子山麓的隧道：

時光隧道的神秘

伸過去，伸過去

——向一九九七

迎面而來的默默車燈啊

那一頭，是甚麼景色？

　　《明報月刊》的主編董橋兄，摘了最後一行，放在雜誌的封面上，配以一幅色調低沉的孤舟航行油畫，圖文並「默」地反映了那年秋天很多香港人的心情。

　　最近一年來，香港恢復了生氣。現在進隧道，就不那麼神秘了。出了隧道，沿著一號公路奔馳，九龍塘那段架空的新路，開起車來特別舒暢寫意。我們談談重談談，余先生余太太向我說明

歐遊的行程，逍遙暢遊的快意形於神態。不過，如果這次旅遊是一枚硬幣，而圖畫那面代表逍遙，則文字那面就是忙碌。太古有文學，文學與余光中同在。擺脫了太古樓的忙碌工作後，在凡爾賽宮，在西敏寺，他的眼睛會忙於欣賞藝術，腦袋會忙於構思下一篇詩文。

汽車朝著機場的方向，也就是飛鵝山的方向前進。他們一會兒起飛了，看到雲霄下的山水，那是飛鵝山，那是獅子山，那是鯉魚門，那是維多利亞港，都可以辨認出來。歐遊之後回來，也將在高空認出這些山水。金耀基先生月前旅遊歸來，遠遠看到中大校園聳立的水塔，興奮地有了回家的感覺。余先生在港十年，相信也有這種感覺。然而，歐遊回來後不久，九月初他們又要離開，久久地離開了。

快到機場，眼前雄奇的雕刻更顯氣勢。獅子山跟著是飛鵝山。向北，在地理上遠遠的北，地圖上近近的北，是衡山；更北，是黃山是泰山是恆山是萬里長城……。如果一會兒他們乘坐的飛機被劫，向北飛，以長城為終點，那麼，余先生他們當可乘機飽覽闊別三十多年後，神州山河的壯麗景色了。我這樣不著邊際地想。

機場到了，他們下車。舉頭一望，不遠處大概是飛鵝山那列峰巒了。我一面祝他們旅途愉快，一面想起光中先生〈飛鵝山頂〉

一文末段的句子，想起他的「香港相思」：

> 對著珠江口這一盤盤的青山，一灣灣的碧海，對著這一片南
> 天的福地，我當風默許：無論我曾在何處，會在何處，這片
> 心永遠縈回在此地，在此刻踏著的這塊土上，愛新覺羅不要
> 了、伊麗莎白保不了的這塊土上，正如它永遠向東，縈回著
> 一座島嶼；向北，縈回著一片無窮的大地。

—— 寫於 1985 年 7 月

注釋

* 本文四個小題都取自余光中先生作品的題目。
1 太古樓本稱「新教學樓」，因樓內有太古堂，故又有太古樓之稱。

和獨白的余光中對白

掉頭一去是風吹黑髮，回首再來已雪滿白頭。

——〈浪子回頭〉

一個不寐的人，一頭獨白對四周全黑。

——〈獨白〉

「掉頭一去是風吹黑髮，回首再來已雪滿白頭。」余光中在呼應著、「文本互涉」著李白的「朝如青絲暮成雪」。不過，在這裏，余光中不像李白浪漫主義那樣朝黑而暮即白，而是寫實主義地寫數十年前「掉頭一去」的「浪子」，「如今回頭」時的黑白對比。究竟余光中在什麼時候頭髮上霜凝雪飄的呢？「紅學」的研究課題之一是《紅樓夢》的作者曹雪芹是胖還是瘦。「余學」中余光中的頭髮怎樣由黑變白，其詩怎樣作黑白的反映——這樣的一個課題，比剛才說的「紅學」那個，意義大有不同。

1969年余光中到香港演講，當時我是大四的學生，以游之夏的「身份」在一茶會與仰慕的「蓮的聯想」者見面。詩人一頭濃髮，一雙粗眉，都是黑色的，好像是文星版《蓮的聯想》、《左手的繆思》深黃色封底的作者照片活動起來了。

一年半以後，在1970年的感恩節，我在美國驅車奔馳一千公里，登上海拔一英里高的丹佛城，仰望群山和山上的詩人，白雪飄飄，好像飄上了詩人的頭髮，而且要「詩意地棲居」在髮叢中。萬里雪飄，茫茫一片，四十二歲的詩人算不算已早生華髮呢？商禽、蒼梧、全浩、我和詩人及其家人盤桓了數天，我念著天地之悠悠，竟忘了細察詩人是否已生華髮。

我那時在美國讀研究院。在《敲打樂》詩集中讀到〈當我死時〉：「當我死時，葬我，在長江與黃河／之間，枕我的頭顱，白髮蓋著黑土／在中國，最美最母親的國度……」

白髮蓋著黑土，讀者因這戲劇性的對比而眼前一亮：白髮蓋著黑土，最美……〈當我死時〉是1966年的作品。1976年的夏天，我在香港的馬料水見到詩人時，頭上的髮絲，已黑白相映了。原來早一年，即1975年，詩人已有這樣的詩句：

……燈下，你古老的溫柔的手

輕輕安慰他垂下的額頭

白了的少年頭輕輕垂下

這個「他」是余光中自己。這首〈溫柔的燈下〉用第三人稱而非第一人稱寫成，維持了一種美學的距離。白了少年頭時，詩人四十七歲。蘇軾「早生華髮」，見於他四十五歲時寫的〈念奴嬌·

赤壁懷古〉。「多情應笑我，早生華髮」，多情多憂多愁，人生識字憂患始。烏台詩案使蘇軾的烏髮變白？蘇軾曠達，尚且可憐白髮生。「可憐白髮生」是辛棄疾説的。韓愈也可憐白髮生，他年紀還不到四十，就視茫茫而髮蒼蒼且齒牙動搖。岳飛更可憐了，「白了少年頭」。「白了少年頭」是虛寫還是實寫呢？果真滿江紅而滿頭白？岳飛寫〈滿江紅〉時只有三十多歲。

余光中三十歲時在美國深造，八十四歲的美國元老級詩人佛洛斯特一頭銀髮，年齡差距逾半個世紀的東方西方兩個詩人會面時，余光中很想偷偷剪下佛老的一綹白髮，作為紀念，作為美的證物。

「白即是美！」余光中如是説：

微灰是浪漫的，純白是古典

……

黑白相映，更贏得繆思的垂青

笑少年是熱帶無雪更無韻

中年是溫帶有雪便有情

亦如黑人肯定自己的本色

説，黑即是美，讓我們肯定

白即是美……

白色不恐怖，白色是美麗。這是余光中的白色頌歌。寫〈白即是美〉的那一年，余光中又寫了〈獨白〉。深夜讀書、寫作時，瞻前顧後，上天下地，古人與來者，一片悠悠，一片寂寂寥寥冷冷清清瀰漫在吐露港畔高樓的書齋之中。「少年的烏頭」不復見。天上地下只剩一盞燈，最後燈熄，只一「個不寐的人，一頭獨白對四周全黑」。這是余光中的「獨白」：獨自一個白頭；黃昏早逝，離曙色尚遠，喃喃話語出自口中出自筆下，孤獨地寫詩獨自在表白。「一頭獨白對四周全黑」。余光中何其喜用對比若是！

　　〈白即是美〉，〈獨白〉，無獨有偶，兩首詩都寫於1978年。一算，他正好五十歲。年已半百，錦瑟無端五十弦。三十而立，四十而不惑，五十而知天命，而頭白，而獨白，而說白即是美美即是白。「日月忽其不淹兮，春與秋其代序；惟草木之零落兮，恐美人之遲暮。」恐詩人之遲暮？——不遲暮，白即是美！

　　《舟子的悲歌》《藍色的羽毛》《鐘乳石》《萬聖節》《蓮的聯想》《五陵少年》《天國的夜市》《敲打樂》《在冷戰的年代》《Acres of Barbed Wire》《白玉苦瓜》《天狼星》詩集已出版了這些冊，長篇短製浪漫古典現代後現代中國西方詩篇式式形形感性知性內涵豐富風格多元，《左手的繆思》《掌上雨》《逍遙遊》《望鄉的牧神》《焚鶴人》《聽聽那冷雨》《青青邊愁》散文集已出版了這些卷，精新鬱趣博麗豪雄句式長短中西兼融在文字的風火爐錘扁又拉長已煉出

金光燦燦的余體在「壯麗的光中」的余光中體。還翻譯了小說詩歌
與傳記，還編輯雜誌專刊與叢書。非凡鳥浴火是鳳凰。「恐修名
之不立兮」，而余光中的修名已立，好評從台灣海外都接踵而
來。贏得身前名也必然是身後名，「可憐白髮生」。可憐也有可愛
的意思。可有余迷像余氏當年要剪一綹佛洛斯特的銀髮一樣也要
剪下一綹余氏的白髮留作「白即是美」的紀念？

　　一剪，白髮落地。巴伐洛堤。巴伐洛堤沒有白髮，至少我看
不到。〈我的太陽〉和〈小夜曲〉唱了又唱，從翡冷翠唱到維也納唱
到紫禁城，白天唱到黑夜雖然常常唱到滿額大汗，卻都只唱那些
〈我的太陽〉和〈小夜曲〉。燈火輝煌，巴伐洛堤不必擔心白髮落地
因為不曾長出白髮，因為不必「一頭獨白對四周全黑」，不用吟安
一個字拈斷幾根鬚，不是要吐出心血乃止，不用像余光中那樣寫
出〈鄉愁〉還要再寫〈鄉愁四韻〉，寫出〈民謠〉還要再寫〈搖搖民
謠〉，寫出〈戲李白〉還要再寫〈尋李白〉，寫出〈等你，在雨中〉還
要再寫〈珍珠項鏈〉。詩貴創新，不能重複先賢也不能重複自己，
詩人不能只守成，因為詩人要突破，鳳凰要不斷火浴，彩筆要永
久璀璨。巴伐洛堤沒有白髮而余光中白了少年頭一頭獨白。

　　白即是美，可是余光中反口了。白即是美美了兩年，余光中
在1980年夢想回歸黑髮。〈兩相惜〉說：

哦，贈我仙人的金髮梳

黃金的梳柄象牙齒

梳去今朝的灰髮鬢

梳來往日的黑髮絲

……

梳去今朝的灰黯黯

梳回往日的亮烏烏

哦，贈我仙人的金髮梳

1980年前後，香港吐露港濱宋淇、思果、錫華、國彬等和余光中建成了一個小小的盛唐，這是余群余派沙田幫的全盛期，錫華說的也是喻大翔說的「中國自西式大學成立以來，似乎沒有一間在文壇上一時之內勁吐異彩如中大的」黃金時期，而余光中說，贈我一把金髮梳。李白在盛唐也必然有這樣的夢想。「酒入豪腸／七分釀成了月光／餘下那三分嘯成劍氣／繡口一吐就半個盛唐」，余光中筆下這樣的一個李白，「朝如青絲暮成雪」的青蓮居士，必然也祈求金髮梳。

仙人沒有贈來金髮梳，頭髮一直在灰在華在花在白在獨白著。1984年的〈不忍開燈的緣故〉中，余光中「已經五旬過半了／正如此際我驚心的年齡……天地悠悠只一頭白髮／凜對千古的風霜」。翌年寫〈老來無情〉，說自己老了。這一年他告別吐露港的

山精水靈，到高雄中山大學當文學院院長。余光中說他不是高雄的過客，而是台灣的歸人。「春天從高雄出發」，木棉花文藝季在高雄盛開。這一年他寫〈歡呼哈雷〉充滿了國家民族的昂揚意志。他向刷著瀟瀟長髮的哈雷彗星致敬，並明言七十六年後哈雷彗星歸來。然而，下一次哈雷彗星重來時，「人間已無我」，「我的白髮／縱有三千丈怎跟你的比長？」白髮啊白髮，這一母題 (motif) 這一主樂句 (theme) 又來了。1988年〈還鄉〉的白髮母題就如特寫鏡頭：「蒲公英的一頭白髮」；「還認得出嗎？這一頭霜雪與風塵／就是當年東渡的浪子？」真是「鄉音無改鬢毛衰」了。

1988這一年，流沙河在〈詩人余光中的香港時期〉一文中，說詩人寫黃昏落日的詩愈來愈多，他的向晚意識已出現。〈黃昏〉〈馬料水的黃昏〉〈暮色之來〉〈黃昏越境〉……這是無限豔麗晚霞的大展示。流沙河比余光中年輕三歲，對歲月一樣的敏感——從屈原和荷馬開始，哪個詩人不對歲月敏感呢？荷馬勾勒傾國佳人海倫，說她看見鏡中自己的皺紋時，潸然淚下，沉思道：「為什麼我遭遇二度劫持呢？」第二度劫持是歲月無情，催她老去。唉，恐美人之遲暮！歲月如流，流沙河應該在紫霞赤金的豔麗中看到那詩中的白髮的。

1988年，流沙河的半個同鄉余光中，已至少半頭白髮。到他們1997年首次會面時，余光中已雪滿白頭了。流沙河說，香港時

期 (1974–1985)，「余光中是在九龍半島上最後完成龍門一躍，成為中國當代大詩人的」。一如鄭朝宗之敬重錢鍾書，詩人流沙河敬重詩人余光中，評價他是中國當代大詩人。流沙河還說，就算余光中在八十年代停筆，他在文學史上的地位已穩如泰山。對，已穩如泰山或者四川的峨眉山了。而半個蜀人的余光中仍然在曠野攀登，仍然在燈下獨白。寫詩，是在書房苦練，詩之路艱險，並非坦途，1987年寫的〈壁虎〉如是說。

　　1992年，余光中初訪北京，初登長城——他說的「白髮登城」。翌年抱孫，做外祖父了，詩人的生命揭了新頁。外孫太小了，「還不算是預言」，「我太老了，快變成了典故」，六十五歲的余光中在〈抱孫〉中寫道。詩人幽默，且一生不輟創作，他以典故自喻。「老了，且太老了」，余光中不諱言老。不過，〈抱孫〉一詩都不提白髮，令我這個「獵白」者交了白卷。不提白髮，而老字用了。大概從〈抱孫〉開始吧，老字用得愈來愈頻密了。它成了這些詩文的關鍵詞，電腦滑鼠一擊，老字帶起的詞可列印成頁。翌年，在〈老來〉中，一開始是「老來的海峽無情的勁風／欺凌一頭寥落的白髮」。「老」和「白髮」一起出現，讀者觸目驚心呢，還是應用平常心看待？「寥落」在詩中有了呼應：髮已更稀，不堪再造林。杜甫的「白頭搔更短，渾欲不勝簪」不就是這樣的形象嗎？杜甫傷感於白髮稀疏時是四十五歲（〈春望〉成於757年），余光中嘆

息「不堪再造林」時是六十六歲，表面看來，這位現代詩人對自己的體貌狀況是應該慶幸的。

　　事實是余光中對白髮有無限的感嘆，寫〈老來〉之後翌年，余光中回母校廈門大學參加校慶典禮，寫了〈浪子回頭〉，裏面有前引的「掉頭一去是風吹黑髮，回首再來已雪滿白頭」。這首白髮之歌，黑髮與白頭的對照，成為余光中近年的縈心之念。三十年前，夏志清說懷國與鄉愁是余光中的縈心之念，所謂 obsession with China。今天，也是滿頭白髮的夏志清，如果再評析余光中的詩文，一定會指出他新的念：obsession with snow-white hair。黑髮與白頭這一雙再平凡不過的詞語，在想像與創意極為豐盈的余光中筆下，不斷單純地呈現。在千詩萬句構成的璀璨繽紛形象中，黑髮與白頭是近期余氏詩篇中黑白片一樣醒目的意象。1998年他在《余光中詩選》第二卷的序中說：「我的晚年何幸⋯⋯把一位老詩人的白頭安頓在此⋯⋯故鄉當然也認不出我就是四十年前風吹黑髮掉頭而去的⋯⋯」2002年6月，他寫的〈新大陸，舊大陸〉，首段又引用了自己的「掉頭一去是風吹黑髮，回首再來已雪滿白頭」。

　　老人、老詩人以至詩翁，余光中在這幾年的詩文中都自認了。老年、晚年、暮年這些字眼，也慷慨地出現（注），這些詞彙構成他90年代以來的「自畫像」。「悅讀」余光中的陳幸蕙，也注

意到「自畫像」中詩翁這一幅了。余光中1985年離開香港後，我仍然有不少機會和他見面。從中年到老年，從華髮到白髮，從詩人到詩翁，人活在變化奇妙的時光中，余群余派沙田幫如蒲公英，風飄雲散。而且，曾在蔡元培墓前敬禮的「黑髮黃郎」已不再黑髮；90年代錫華的華髮，在年前的照片出現時，已成了「雪滿白頭」；80年代的思果，那時蒙了「不白之冤」，為余光中所義，現已逾八旬的他，不知黑道白道爭持得怎樣。我這幾年，從中大到川大，從馬料水到荔枝角，從沙田到福田，滄海桑田，福福禍禍，禍禍福福，從中年到什麼年——晚年？後中年？仍然是中年？卻仍然心懷沙田幫，閱讀余光中，數十年而不變。讀他的「雪滿白頭」，也讀他的繆思。他問：「歲月愈老，為何繆思愈年輕？」他的繆思——或者說「妙思」（Muse）——「美麗而娉婷」，他的妙思：

> 非但不棄我而去，反而
>
> 揚著一枝月桂的翠青
>
> 綻著微笑，正迎我而來
>
> 且讚我不肯讓歲月捉住
>
> 仍能追上她輕盈的舞步
>
> 才二十七歲呢，我的繆思

余光中説：「要詩人交還彩筆，正如逼英雄繳械。與永恆拔河，我從未準備放手。」誠然，他一直在與永恆拔河。雪滿白頭這十年，他的散文、詩篇、評論等產量仍然不減，紫色金色黑色紅色藍色的五彩之筆依然璀璨。他寫西班牙鬥牛，余風仍在。而〈深呼吸 —— 政治病毒一患者的悲歌〉證實他是個憤怒的詩翁。

近作〈新大陸，舊大陸〉説：「自從一九九二年接受北京社科院的邀請初回大陸以來，我已經回去過十五次了，近三年尤其頻密。」長沙的李元洛全程陪他作湖南之旅；武漢的博士生導師黃曼君在「余光中暨香港沙田文學國際學術研討會」上背誦他的〈等你，在雨中〉；南京大學邀他演講，並在百年校慶晚會上誦詩；他的〈鄉愁〉在中央電視台和各地方電視台一次又一次地合樂而誦而歌；廈門大學的徐學完成並出版了《火中龍吟：余光中評傳》；他的詩集文集以至類似全集的作品集，從深圳到長春，出版了各種版本。他寫詩，寫遊記，關於長城、南京、黃河、泰山……消滅了他的鄉愁。在台灣，余光中七十歲壽辰那日，《中國時報》南部版頭版刊出大幅彩照，是詩翁暖壽的高興場面。

儘管已雪滿白頭，他的筆依然「藍得充血」。1991年余光中寫了〈五行無阻〉，他説，任死亡把他貶謫到至荒至遠的地方，都不能阻攔他回到光中：

即使你五路都設下了寨

金木水火土都閉上了關

城上插滿你黑色的戰旗

也阻攔不了我突破旗陣

那便是我披髮飛行的風遁

風裏有一首歌頌我的新生

　　頌金德之堅貞

　　頌木德之紛繁

　　頌水德之溫婉

　　頌火德之剛烈

　　頌土德之渾然

唱新生的頌歌，風聲正洪

你不能阻我，死亡啊，你豈能阻我

回到光中，回到壯麗的光中

　　這是「光中宣言」，向死亡宣戰。余光中作品中不忌諱死亡，他表示不怕死亡。不怕死亡，當然也就不懼年老，不懼白髮了。然而，余光中真的不懼死亡嗎？人真的不懼死亡嗎？丹麥王子漢穆雷特懼怕死亡啊，很多很多人懼怕死亡啊！

　　在「高樓對海」之際，燈下的白髮詩翁，心事重重：

起伏如滿滿一海峽風浪

一波接一波來撼晚年

一生蒼茫還留下什麼呢

除了窗口這一盞孤燈

……

有一天白髮也不在燈下

一生蒼茫還留下什麼呢？

……

還留下什麼呢，一生蒼茫？

杜甫曾「獨立蒼茫自咏詩」，沙田幫之一梁錫華曾以《獨立蒼茫》為其長篇小說的題目。「一生蒼茫還留下什麼呢？」與永恆拔河，而詩真是不朽之盛事？〈白玉苦瓜〉宣示永恆的信心，然而，這首〈高樓對海〉問：「一生蒼茫還留下什麼呢？」這是安魂曲一樣不斷變奏的主題樂句。〈白即是美〉宣示不懼白髮，而〈兩相惜〉祈求仙人贈他還原黑髮的金髮梳。自稱老人、老詩人、詩翁，然而，不介意別人這樣稱呼你嗎？說已屆晚年、暮年、老年，這樣，未來還有多少時日呢？真的不怕「辭逆旅之館，永歸於本宅」？本宅是何地何鄉？從來沒有旅客自這「鄉」歸來啊！接近四十年前，余光中的〈鬼雨〉說：千古艱難惟一死，滿口永恆的人，

最怕死。但凡天才的人，沒有不怕死的。」又説：「莎士比亞最怕死。一百五十多首十四行詩，沒有一首不提到死，沒有一首不是在自我安慰。」莎翁自我安慰，詩歌永生！

怎樣自我安慰呢？——死是遲早要來的，安慰自己並不老吧！人到中年百事哀，其中包括哀老年之將至。老本身就是病，病可治而老不能醫，錢鍾書如此警雋地説。中年之後是什麼年？我鄭重提出建議，向一切怕老的人，不要説是老年。那麼説是「後中年」嗎？這太西化了，而且，「後中年」到何年呢？我説是「華年」，〈錦瑟〉所説的「華年」。華是華髮白髮之華，也是華美之華。「華年」之後呢？那是「裕年」，裕是餘裕之裕。人均壽命現在是八十歲吧？過了八十歲仍健在，這以後的額外歲月是上蒼額外的賜予，是餘裕之年。

不妨向年齡五十以上的男人女人做個問卷調查，今後不用老年晚年而用華年裕年之説好不好。

不管它華髮白髮，只要妙思依然妙齡，「美豔而娉婷」，「綻著歡笑，正迎我而來」，詩人絕不繳回彩筆，「詩還有一千首未寫完」。黃昏的晚霞，不，華霞，非常絢爛，「生命仍然在壯麗的光中」。於是，在「一生蒼茫還留下什麼呢？」的沉思中，詩人憑著自信，且一憑詩人本色鑄造新詞：只是五十六十或者七十八十而已，甚至「年方九十」而已，説，我正當華年！

【補注】上面已引錄了余光中的很多很多白髮、老年語句了。再補充若干如下。2000年7月出版的詩集《高樓對海》所收作品，幾乎三首五首就出現一次。1995年的〈抱孫女〉：「而憑我一頭風霜的見證。」「原諒祖父吧，這憂患的老人。」同年的〈為孫女祈禱〉：「快七秩之叟了。」同年的〈悲來日〉：「你的皺紋啊我的白髮……」1996年的〈夜讀曹操〉：「暮年的這片壯心……」同年的〈吊濟慈故居〉：「引來東方的老詩人尋吊……」1997年的〈只為了一首歌〉：「關外的長風吹動海外的白髮。」1998年的〈老來多夢〉：不必引了，題目自明。同年的〈因你一笑〉不直接寫老，而用比喻：「我的歌正要接近尾聲……這世界本來準備要關閉……」尚未結集的詩，如2000年10月寫的〈再上中山陵〉：「而我，白髮落拓的海外浪子……」2002年1月寫的〈鐘聲說〉：「浪子北歸，回頭已不是青絲，是白首。」在散文作品中，2000年寫的〈思蜀〉：「兩個烏髮平頂的少年頭，都被無情的時光漂光了。……小學弟〔指余光中〕早就變成了老詩人。」

——寫於 2002 年夏

余光中特藏室啟用典禮致辭

高雄市國立中山大學圖書館近闢「余光中特藏室」，於2011年3月24日舉行落成啟用典禮，主禮者有年逾八旬的余光中教授、中山大學校長楊弘敦教授、中大圖資處處長楊昌彪教授、政治大學陳芳明教授，和我。我應邀在典禮中致辭，數日後把當日講話畧加修飾而成本文。「余光中特藏室」佈置清雅，藏品珍貴；中大圖書館籌設的「國立中山大學余光中數位文學館」亦於此時建構完成，上網可尋得。我講話中提到的余光中特藏室，其五種財富、五種用途等説法，應該也適用於其他作家（或作家群）的特藏室或文學館。

我非常高興來到高雄國立中山大學圖書館，參加這個余光中特藏室落成啟用典禮。我今天早上從宜蘭經台北來到這裏。在北部，我「聽聽那冷雨」；這裏高雄的陽光真好，我們都在陽光中，在余光中。

清代的翁方綱（1733–1818）是個杜甫迷，16歲開始讀杜甫的詩，50年後寫出了《翁批杜詩》這本書；之後這位粉絲繼續讀其杜詩。我則為余光中的長期讀者，數十年來，我的文學思維經常離

不開余光中。説到目前台北仍在舉行的「花卉博覽會」，我馬上想起余光中的近作〈花國之旅〉：花博中有「色彩合法暴動」，卻又是「唯美主義的大殿堂」，那裏「琪花瑤草將我們寵成了仙人」；花之國萬卉爭艷，花之多，連極愛花極喜戴花的屈原「也無法逐一點名」。電視新聞出現利比亞等地的戰火和炮聲，我就想起余光中的〈如果遠方有戰爭〉。這詩説戰爭中，「榴彈在宣揚真理」，「戰車狠狠犁過春泥」。北非動亂，殺戮在進行；日本大地震大海嘯後，人們則奮力搶救生命。欲其死與保其生，對立並存。這個世界就如葉慈 (William B. Yeats) 的詩〈再度降臨〉(The Second Coming) 説的「分崩離析，中心不存」，而余光中翻譯過這首著名的詩。

回到陽光中、余光中的高雄，我馬上想起他的〈控訴一支煙囪〉、〈讓春天從高雄出發〉：「讓木棉花的火把／用越野賽跑的速度／一路向北方傳達／讓春天從高雄出發」。（他也寫過〈台東〉一詩，大大讚美了台東，希望高雄人不要嫉妒。）與高雄及其鄰近地方有關的還有「余光中詩園」（裏面有〈母難日〉〈五行無阻〉等20首），還有〈墾丁十九首〉，這些詩很多人都讀過，都欣賞。

余光中是博大型詩人，其詩情感豐沛深刻，技藝精湛。他也是傑出的散文家、批評家、翻譯家，還是位出色的編輯。我説過，他手握五色之筆：用紫色筆來寫詩，用金色筆來寫散文，用黑色筆來寫評論，用紅色筆來編輯文學作品，用藍色筆來翻譯。

數十年來作品量多質優，影響深遠；其詩風文采，構成二十世紀中華文學史璀璨的篇頁。我之外，兩岸三地以至全球其他華人社區，還有很多人都是他的知音、粉絲。余先生成就的傑出，為大家所公認。很多年前，梁實秋先生已說：「余光中右手寫詩，右手寫文，成就之高一時無兩。」成就高，余先生是中華的文豪，更不愧是「高雄」——高雄的文雄。今日出席典禮的陳芳明教授以前也說過，余光中「有點石成金之筆」，說他的詩在台灣、大陸以至世界已「創造新的典範」。誠然，說余先生有多傑出就多傑出。四百年前，班·姜生 (Ben Jonson) 極力稱頌其前輩莎士比亞，說人和詩神妙思 (Muse) 怎樣褒揚他，都不會過份 ("I confess thy writings to be such / As neither man nor Muse can praise too much")。對詩翁余光中，也可作如是觀。

余先生在香港的中大教了十年書，在高雄的中大則快26年了。在中山大學圖書館闢室特藏余氏作品和相關資料，順理成章，還有別的大學、別的地方更適合嗎？在離五福路不遠的這個特藏室，珍藏手握五采筆的余氏文學財富，我認為應有五項：一為余氏與中山大學有關的物品、資料，包括印上余氏詩句的茶杯、雨傘等。二為余氏與高雄有關的物品、資料，包括書法家楚戈寫的〈讓春天從高雄出發〉——這幾乎是高雄的市歌、市詩了。三為余氏與各地有關的物品、資料：兩岸三地以至更遠，包括台

北〈廈門街的巷子〉、香港〈春來半島〉、泉州〈鄉愁〉、新疆〈策勒的來信〉、紐約〈登樓賦〉等相關文物。四為世界各地余學論著種種資料，包括我最近編好的這冊《余光中作品評論第四集》。當然最大的一筆文學財富，是余氏的作品，包括數十本余氏著譯書冊及手稿。

余光中特藏室應該有五個用途：一是讓中大師生多認識這鎮校之寶。二是讓訪客來中山大學參觀，多了一個亮點、景點。三是讓余氏的粉絲瀏覽書、稿、圖片、電子影音等等，還可讓參觀者到附近的中大書店購買紀念品。四是讓余氏的知音細覽各種文本等資料。五是讓余學學者在此做研究。

五項財富、五個用途，五途無阻，像余先生詩說的「五行無阻」。這個室可擴大，發展成為「余光中文學館」。別的大學和地方，如台灣的台大、師大、政大，香港的中大，大陸的南大，泉州的永春縣，可能會仿效，或闢室或建館，向這位大師致敬。五采、五富、五途，像余詩〈五行無阻〉說的順暢無阻，「在壯麗的光中」。

護泉的人

　　月前我寫了〈楊絳就是鍾書〉一文，後來演講，以他們伉儷的著作和生活為話題，投射的照片有一張是這樣的：錢鍾書稍微低頭在看書，楊絳依偎著他，注視同一篇頁；兩位長者都戴著眼鏡，神情專注而愉悅。我說，這照片應該是他們一生，也就是「楊絳就是鍾書」的最佳寫照。這張照片也使我想起余光中和他太太范我存。

　　余光中是福建泉州永春人，久居台灣高雄，今年88周歲。我不久前寄上生日賀卡曰：「高雄慶米壽，彩筆譽永春」。高雄有颱風大水為患，我致電祝壽兼問候，與伉儷閒談，其間余太太說：「我近來在為光中整理書信，包括你寫給他的。」又說：「本來九月我們要到杭州。我父親曾在浙江大學當教授，我在那裏出生、讀書，市政府要給我一個榮譽市民的銜頭。」

　　類似錢鍾書、楊絳一起看書的情景，在我腦海出現。余先生和太太戴著老花眼鏡，各自或一起看書報雜誌，交換心得，偶加月旦；余先生握管寫作（他不用電腦），余太太在旁邊的書桌，為丈夫校對新書的書稿；最近則為整理一個抽屜一個抽屜幾十年的

書信……。丈夫的手跡日日親炙，她偶而替他寫回信，字跡竟有幾分「余體」了。

從前家裏四千金、余老先生和范老太太兩位長輩的飲食起居，為丈夫歡迎或婉拒訪客，種種照料種種事務，「凡」事都由「我」（范我存）負責。余先生四處演講，所到之地，余太太總是儀態優雅地陪伴著。有時余先生徇眾要求誦讀其名詩〈鄉愁〉，到了「我在這頭，新娘在那頭」，就在台上加強語氣地讀出「我在這頭」，然後指著台下第一排正中座位上的妻子：「新娘[就]在那頭」。這時聽眾大笑而余太太微笑，就像新娘那樣靦覥。

正因為有范女士的「存」在，余先生才可以全心全意致力於他的永春文學大業。與余氏伉儷為老相識的傑出散文家張曉風，曾發表文章稱許余太太為「護井的人」。余先生的作品如井水清甘，讀者飲之怡神。我認為也可稱她「護泉的人」。88高齡的余老，文心與筆力都不老；創作和翻譯，仍然從這位泉州人的泉眼升噴。錢鍾書稱楊絳為「最賢的妻」，我想余老非借「錢」不可，也要這樣形容妻子。伉儷年事高，范女士沒有到杭州領受榮銜。在高雄，如果近年是一片天藍的話，「高雄榮譽市民」的美譽，早就應歸她所有。

五四以來的名作家，妻子料理家務之外，還為丈夫的文學事業出力，從黑髮至白頭的，似不多見。胡適的太太江冬秀識字不

多，就算有心也欠實力。郁達夫與王映霞反目成仇，不用說。朱自清的元配相夫教子到了含辛茹苦的地步，應付家務之外，並無時間為夫君的文事略盡微薄。梁實秋曾記述與太太程季淑一起吟誦英文詩，卻沒有說太太為他校對或整理文稿。巴金寫的〈懷念蕭珊〉一文，有恩愛，也有遺憾：蕭珊沒有在文化事業上用功，令巴金失望；文革時期知識份子成為牛鬼蛇神，蕭珊對丈夫所寫「天雨粟、鬼夜哭」的文字，大概只能「敬鬼神而遠之」。

余太太早在戀愛階段，就為男朋友謄抄《梵谷傳》的翻譯稿，此後一直「兼任」丈夫的助理和秘書。錢鍾書盛稱楊絳為賢妻、為才女。范我存是賢妻；也是才女，只不過她述而不作而已。我和余氏伉儷相識數十年，余太太談文藝論時局，常見精警之論。她對玉器研究深有心得，又巧手編織中國結。最能滔滔而「述」的是藝術：賢能者多勞，她竟然可以抽出時間當義務解說員，經常在高雄的美術館為參觀者介紹古今藝術品。

余太太快要85歲了。她近來整理書信，老花眼鏡所見，花樣年華以來兩人間的情書和家書，那一股股如泉湧出的情意，一定是回味甘香，格外珍貴。

—— 寫於 2016 年 10 月杪

到高雄探望余光中先生

52年前開始閱讀余光中先生的作品；初見余先生，是48年前的事。在香港和高雄的大學先後與余教授同事，一共接近9年；當然，我是晚輩同事。

去年7月，得知余先生跌倒受傷，住院多天。我與余先生和余太太一向有通電話，知道大概。是年秋冬之間，讀到余先生親撰的文章〈陰陽一線隔〉，頗吃一驚，因為所述情形比電話中說的嚴重。他寫道：7月14日太太急病住院，「次日我在孤絕的心情下出門去買水果，在寓所『左岸』的坡道上跌下了一跤，血流在地，醒來時已身在（醫院的病）床上，說話含糊不清。再次日才能回答我是某人」。已有兩年多沒有見面，詩翁如此「蒙難」，我應該前往高雄探望兩位老人家。

一　詩翁現在更需要保護

我是長期老讀者，內子和犬子讀齡較淺，也都是詩翁的知音或粉絲。內子背誦過長長的〈尋李白〉一詩，酷愛其名句「酒入豪

腸,七分釀成了月光/餘下的三分嘯成劍氣/繡口一吐就半個盛唐」,幾乎可以和長沙的知音李元洛作背誦比賽;她還在學報發表過文章,講詩翁的1990「梵谷年」;2010年8月深圳音樂廳的大型詩樂晚會「夢典」,余先生是主角,內子則為晚會的策劃和導演。犬子和余爺爺「交流」過多次,深圳、香港、澳門都有他們留下的大小兩雙腳印;對〈鄉愁四韻〉和〈唐詩神遊〉等詩,理解雖然不透徹,背誦卻非常流暢。去高雄探望二老,當然要「三人行」。

因為護照、簽證、學校假期等問題要解決,終於在6月17日,三人從香港飛到了高雄。下午即到余府,見到的詩翁,手持拐杖,行動緩慢,身體弱了。

2011年余先生82歲,在佛羅倫斯攀登百花聖母大教堂和覺陀鐘樓,直至絕頂,和達芬奇一樣看盡文藝復興的佛城全景。兩年後在西安,仰視著小雁塔,躍躍欲登,導遊說:「很抱歉,65歲以上的老人不准攀爬。」老者如童稚般不聽話,放步登高,塔外的風景不斷匍匐下去,終抵塔頂。杜甫當年登大雁塔時40歲,詩聖九泉之下有知,對豪氣干雲的「小余」,一定大加稱讚。不過是登塔5年之後,今年6月所見,詩翁行走要靠手杖,有時還要人攙扶。

余先生近年重聽,兩周前做了白內障手術,視力未恢復;加

上另眼有疾，寫詩並不朦朧的長者，眼睛卻有點朦朧。這次在余家客廳，他說話不多，音量不大；對不少話題，余太太倒是滔滔而談，或補充先生內容，或娓娓憶述細節，語言清暢。她去年病後，康復良好，現在精神爽健，雖然也屆耄耋之齡，看來卻年輕。

和二老「閒話家常」時，余先生在我耳邊說：「維樑啊，我現在去不了學校，又開不了車，難道我的校園生活就此結束？」大學向來是余光中傳詩道、授文業的大講壇，高速馳車是他「咦呵西部」（在美國）、馳騁寶島的大樂事，他還想望過在神州的絲綢之路「飆車」，追蹤古英雄的足跡，如今只能輕輕地歎息。他喜歡旅行，行畢多有寫遊記；其中外遊記山水與人文共融，情趣與辭采兼勝，陳幸蕙稱他「極可能是現代文學中『遊記之王』」。詩翁如今的旅遊，多半只能神遊了。

妻子范我存女士愛丈夫護丈夫，才不讓他做這事做那事。張曉風有文章寫余太太，名為〈護井的人〉；詩文傑作如泉噴湧的老作家，余先生現在更需要保護。

二　在「左岸」的雅舍談詩誦詩

詩翁行動緩慢，「護井的人」不讓他到西子灣中山大學山上的文學院辦公室。室中一壁海景窗戶之外，其餘三壁和一地板堆高

的書刊，以及不斷湧進的新印刷品，文字的墨浪甚於西子灣的海浪，任何人都難以招架，遑論書海暢泳。然而，久違了妻子之外的另一個終身伴侶，思念之情何時或已？

2004年夏天，我和陳婕參觀中大光華講座教授余先生的闊大辦公室，十分驚訝，對她說：「從前在香港中文大學，余教授的學校辦公室和宿舍書房，各類書報刊各就其位，井然有序，書齋不鬧書災。」余先生為人寫序，結集成書，書名正是《井然有序》。時隔13年，我想現在辦公室的災情一定更為嚴峻。其實不去辦公室，家裏的書報刊還是整理不完的。

自從遷出中大校園的宿舍之後，余家一直安居於高雄市中心之北，在一心路二聖路三多路四維路五福路六合路七賢路八德路九如路十全路再北上，在光興路的左岸大廈。大廈在愛河之西，以左右分西東，即是左岸。中國長江以東的南京蘇杭一帶，謂之江東，或稱江左，人文薈萃；巴黎有塞納河，其左岸是文化蓬勃之區。文壇重鎮安家於「左岸」，不亦宜乎！

余家在左岸高樓安居多年，寬敞而不豪華的大宅，因為「卷帙繁浩」過甚，乃另購新居，在原宅的下一層。新居擺設簡雅，明亮素淨，成為會客之廳。我從前在臺灣教書的那些年，數度探訪，且曾留宿。如今所見的「雅舍」，擺設與書刊比前增多了。馬英九先生曾二度來此探望余先生伉儷。他敬佩詩翁，曾購買余著

《分水嶺上》數百本，囑咐各級官員閱讀，藉此提高中文寫作的能力。

在「左岸」的雅舍，我自然想到《雅舍小品》的作者──他私淑的恩師梁實秋先生。梁先生在1980年代不管師生關係是否構成「利益衝突」，大加稱讚：「余光中右手寫詩，左手寫散文，成就之高，一時無兩。」在雅舍，我們談詩，也誦詩。

犬子若衡受命背誦〈讓春天從高雄出發〉，唸到中間的「讓春天從高雄登陸」，正繼續朗讀「讓木棉花的火把」，戴上助聽器傾聽著的詩翁，敏銳發覺，溫和地指出：「接下去應是『這轟動南部的消息』。」

晤談時，余家的「老三」佩珊博士一心二用，邊聽邊對著電腦做她的創意產業文案。近年這位東海大學的教授，常駐中國東海的左岸上海，發揮其專業所長。去年二老住院醫療，幾位千金先後從外地回來探視照顧，余先生對此「情動於中」而欲形於詩，告訴我說：「正在構思一首詩，寫幾個女兒回來探病、探親；將來有一天回來卻是要⋯」跟著補充說：「不過，我會寫得subtle〔含蓄〕一點。」余太太不想接續這話題，指著茶几上的荔枝，叫大家繼續品嘗。

我這個資深讀者怕甜，壓下食欲，卻記起詩句：「七八粒凍紅在白瓷盤裏／東坡的三百顆無此冰涼／梵谷和塞尚無此眼福／齊

璜的畫意怎忍下手?」余光中有詩寫荔枝:在冰箱冷凍後才饕而饕之。

在雅舍談詩,我還帶有使命:索取最新出版的集子,扉頁有親筆題贈,由我帶回去送給李元洛兄。詩翁體雖弱而心健,近月仍用功不輟,大幅度增譯增注舊版的《英美現代詩選》;一問,才知道此書新版尚未面世——卻也快了。

三 中大校園的余光中詩篇

6月19日我們來到中山大學校園。圖書館裏有「余光中特藏室」,我6年前該室揭幕時出席了儀式(典禮中我的發言後來寫成〈筆燦五采,室藏五財〉一文,收在拙著《壯麗:余光中論》裏),參觀過藏品。這日流覽珍貴手稿等物,內子眼尖,一張香港中文大學給余先生的聘書,被她發現:1974年起詩人任中文系教授,月薪高達港幣7180元(此外還有住房津貼等)。年前犬子在澳門大學聽余爺爺演講「旅遊與文化」,屏幕上亮相了有詩人Robert Burns的英鎊鈔票,和有畫家Delacroix的法郎鈔票;凝視信件,他「見錢開眼」的眼開得更大,對香港的大學教授薪酬,極感興趣,表示希望長大後要當教授。

在知音和粉絲必游的特藏室,王玲瑗女士向我們介紹附屬

「余光中數位文學館」的新內容，並解說正在拍攝的「余光中香港時期」紀錄片，還要求我在香港配合拍攝等事。

趁著在校園，內子進入書店，購買了印有余先生詩篇的多種禮品，包括雨傘、布袋、茶杯、杯墊和鉛筆。余教授曾勸說年輕人「少買名牌，多讀名著」，而今名著通過名牌詩人而可讀，內子大感滿足。

詩翁的詩篇廣傳校園。炎陽下我們揮汗遊觀，看到行政大樓門前的四根圓柱上，貼著余先生親筆書寫的詩四首：〈西灣早潮〉〈西灣黃昏〉〈西子灣在等你〉；當然，還有非常著名的〈讓春天從高雄出發〉──有一年我乘搭計程車，赴高雄文學館講「余光中與高雄」，談話中知道司機知道此詩。張曉風形容余光中的硬筆書法，謂其「勁挺」「方正」，「像他的臉，也像他的為人」。詩翁的字，自成一家；在詩文之外，我們多了一種「余風」。

校園裏的國際會議廳命名為「光中廳」。另一建築校友會館，名為西子樓，裏面有余教授的詩〈西子樓〉，燒製成銅板的；是日熱昏了頭，竟然沒有到館參觀。

17日下午抵達左岸大廈的管理處，在登記訪客資料時，我順便說要拜訪的是中山大學的「鎮校之寶」，管理員更正我說：「余教授是高雄之寶，是國寶啊！」我想，對於馬先生兩次來訪，管理員一定印象極為深刻，引以為榮。

四 「高而且雄」：詩碑、詩園、機場題詩

　　鎮校之寶的詩韻，飄逸出中山大學校園。2012年元旦澄清湖水邊豎立了詩碑〈太陽點名〉，年前王慶華兄帶我來此參觀過。這次與妻兒來高雄，出發前犬子受命背誦它的片段：「春天請太陽親自／按照唯美的光譜／主持點名的儀式／看二月剛生了／哪些逗人的孩子／『南洋櫻花來了嗎？』……」。6月20日上午由徐錦成教授駕車導遊，到澄清湖看詩。

　　水清湖大，曲橋幽徑，幾經尋覓，才在「蜜蜂世界」附近找到棕褐色的長方形詩碑。犬子最高興，雙手張開如鵬鳥展翅，歡迎大家來讀來賞這高雄的太陽和花樹之頌。詩碑立在鮮美的芳草地上，幾株小樹茂葉青蔥；詩碑兩側的白鶴芋，豐潤的花瓣和葉子白綠相映。詩碑面對湖水粼粼，彷彿太陽面對百花美美。不過，陽光和水分也有負面的作用；五年經歷，有點滄桑的詩碑，似要面貌更新了。

　　澄清湖之外，高雄幾個地方也有余先生的詩。中山大學的附屬中學，校園裏有「余光中詩園」，共有詩翁自己選定的20首。詩園在2008年10月建成開放，翌年我來此參觀，還寫了一篇導賞的文章。後來佛光大學研究生陳小燕就此詩園種種，撰成碩士論文。

高雄市內的歷史博物館，有一面牆的瓷磚燒制了楚戈書法的名詩〈讓春天從高雄出發〉。我多年前觀覽過，書法豪邁，但詩牆被樓梯阻擋，位置不佳。這次時間不充裕，澄清湖之後，錦成就驅車直奔機場，我們卻又再見余先生的作品：23號候機廳的貼壁長框，銀光閃閃，是詩翁撰作手書應景的〈台灣之門〉。此詩得來不易，在機場幾經詢問才知道所在地。長框裏兼展示余先生自譯的英文本。原詩首句是「高而且雄」，末有「充盈與豪興」、客機正在「攀升」的象徵性詩意。「高而且雄」，這首詩應該放大，擺放在機場的大廳大堂才對。

17日至20日四天三夜的高雄行，和余先生和太太一共聚首三次；詩是余家事，「閒話家常」之外，共進晚餐兩頓。18日晚，余家第二位千金幼珊教授也在；陳芳明教授是日從臺北來高雄演講，晚上來看詩翁伉儷，一起進餐。從高雄到臺北到香港，文藝話語豐富，談興頗濃，幾有西子灣校園和沙田校園昔日高士雅集的風采。

——寫於2017年7月